Segredos

Domenico Starnone

Segredos

tradução
Maurício Santana Dias

todavia

Primeiro relato 7
Segundo relato 115
Terceiro relato 137

Primeiro relato

I.

O amor, dizer o quê?, fala-se tanto dele, mas não acho que eu tenha usado a palavra com frequência, aliás, minha impressão é que nunca recorri a ela, apesar de ter amado, claro que amei, amei até perder a cabeça e os sentimentos. De fato, o amor tal como o conheci é uma lava de vida bruta que queima a vida fina, uma erupção que anula a compreensão e a piedade, a razão e as razões, a geografia e a história, a saúde e a doença, a riqueza e a pobreza, a exceção e a regra. Resta apenas uma agonia que torce e distorce, uma obsessão sem remédio: onde ela está, onde não está, o que está pensando, fazendo, o que disse, qual era o verdadeiro sentido daquela frase, o que não está me dizendo, e se passou bem como eu também passei, e se continua bem agora que estou longe, ou se minha ausência a debilita como a dela faz comigo, me aniquilando, tirando de mim toda a energia que sua presença produz, o que eu sou sem ela, um relógio parado na esquina de uma rua movimentada, ah, já a voz dela, ah, estar ao lado dela, encurtar a distância, zerá-la, apagar quilômetros, metros, centímetros, milímetros, e me fundir, me confundir, deixar de ser eu, aliás, já começo a achar que nunca fui senão nela, no prazer dela, e isso me deixa orgulhoso, me deixa alegre e me deprime, me entristece, e de novo me reacende, me eletriza, como eu gosto dela, sim, eu só quero o bem dela, sempre, não importa o que aconteça, mesmo que ela se esquive, mesmo que ame outros, mesmo que me humilhe, mesmo que me esvazie de tudo, até da capacidade de gostar dela. Quanta coisa absurda pode acontecer na cabeça, gostar já sem conseguir gostar, odiar mesmo continuando a gostar. Comigo aconteceu, por isso evitei a palavra o máximo possível, não sei o que fazer com o amor seráfico, o amor que conforta, o amor que toca os sinos, o amor que purifica, o amor patético: é por estranheza que a usei tão pouco durante minha longa vida. Entretanto usei muitas outras — agonia, fúria, languidez, abatimento, necessidade, urgência, desejo —, temo que demasiadas, as quais pesco em cinco mil anos de escrita, e poderia seguir adiante quem sabe quanto. Mas agora tenho de passar a Teresa, foi ela quem sempre se recusou a estar dentro dessa combinação de quatro letras e no entanto as quis para si, e ainda quer, milhares e milhares de outras.

Eu tinha uma queda por Teresa desde que ela se sentava numa cadeira perto da janela e era uma de minhas alunas mais animadas. Mas só me dei conta disso quando, depois de um ano de formada, ela me ligou, veio me esperar na saída da escola, me falou de sua turbulenta vida universitária enquanto caminhávamos num belo dia de outono e de repente me beijou. Aquele beijo foi o marco inicial de nosso relacionamento, que durou ao todo uns três anos, entre exigências de fato nunca satisfeitas de absoluta posse recíproca e tensões que terminavam em insultos, choros e mordidas. Lembro uma noite na casa de conhecidos, éramos sete ou oito pessoas. Eu me sentava ao lado de uma jovem nascida em Arles que estava em Roma havia alguns meses e tinha um modo tão sedutor de desmontar o italiano que eu preferiria ouvir apenas a voz dela. Mas todos conversavam ao mesmo tempo, sobretudo Teresa, que falava coisas muito inteligentes com seu habitual jeito generoso e extremamente preciso. Devo admitir que, fazia uns meses, eu começara a me incomodar com aquela sua vontade de estar sempre no centro, subindo o nível até mesmo da conversa mais frívola, por isso tendia a interrompê-la frequentemente com alguma ironia, mas ela me fulminava com o olhar e dizia: desculpe, quem está falando sou eu. Naquela ocasião eu talvez tenha ido um pouco além do suportável: gostava da jovem de Arles e queria que ela gostasse de mim. Então Teresa se virou furiosa em minha direção, pegou a faca do pão e gritou: experimente cortar de novo minha fala que eu corto sua língua e mais outra coisa. Brigamos em público como se estivéssemos a sós, e hoje penso que de fato estávamos, a tal ponto nos vimos absorvidos um pelo outro, no bem e no mal. Nossos conhecidos estavam lá, sim, havia a garota de Arles, mas se tratava de figuras supérfluas, só contava nossa contínua atração e repulsa. Era como se gostássemos um do outro sem medida apenas para poder apurar que nos detestávamos. Ou vice-versa.

Naturalmente não faltavam períodos felizes, quando falávamos de tudo, brincávamos e eu lhe fazia cócegas até que, para me fazer parar, ela me enchia de beijos intermináveis. Mas isso não durava, nós mesmos éramos os perturbadores de nossa convivência. Parecíamos convencidos de que a violência com que injetávamos continuamente desordem entre nós enfim nos transformaria num casal harmônico; mas essa meta, em vez de se aproximar, só se afastava. A vez que descobri, graças a uma fofoca da mesma garota de Arles, que Teresa se mostrara em atitudes íntimas demais com um conhecido acadêmico macilento e destrambelhado, dentes podres, olhos doentios, uns dedos que mais pareciam pernas de aranha com os quais martelava um piano para alunas em êxtase, fui tomado de tal repugnância por ela que voltei para casa e, sem explicações, agarrei-a pelos cabelos, arrastei-a até o banheiro e queria eu mesmo lavar cada milímetro de seu corpo com sabão de Marselha. Eu não gritava, falava com a costumeira ironia, dizia: sou um homem de visão aberta, faça o que lhe der na telha, mas não com um cara tão nojento. E ela escapava, esperneava, me dava tapas, me arranhava, gritava olha aí o que você é de verdade, vergonha, vergonha.

Daquela vez, brigamos de um jeito que parecia definitivo, não dava para voltar atrás depois das coisas que jogamos na cara um do outro. No entanto, mesmo naquela ocasião, conseguimos nos reconciliar. Ficamos abraçados até o amanhecer, rindo da garota de Arles, do pianista e docente de citologia. Mas agora estávamos assustados com o risco que havíamos corrido de nos perder. E foi aquele susto, acho, que nos levou logo em seguida a buscar uma maneira de marcar para sempre nossa dependência recíproca.

Teresa insinuou cheia de dedos uma proposta e disse: vamos combinar que eu te conto um segredo horrível meu, que nem a mim mesma nunca tentei dizer, e você me conta um seu equivalente, uma coisa que, se fosse descoberta, te destruiria para sempre. Sorriu como se estivesse me convidando para um jogo, mas lá no fundo me pareceu muito tensa. Logo me senti também ansioso, fiquei assustado, preocupado que ela, aos vinte e três anos, pudesse ter um segredo tão inconfessável. Eu, que estava com trinta e três, tinha um, e se tratava de uma história tão embaraçosa que só de pensar nela eu me ruborizava, baixava os olhos para a ponta dos sapatos, esperando que a perturbação passasse. Demos voltas em torno do assunto, nos perguntando quem confessaria primeiro.

— Primeiro você — ela disse, e o tom era imperioso e irônico, o mesmo que costumava usar quando transbordava de afeto.

— Não, primeiro você, preciso avaliar se seu segredo é tão horrível quanto o meu.

— E por que eu deveria confiar, e você não?

— Porque conheço meu segredo e acho impossível que você tenha um tão inconfessável.

Por fim, depois desse vaivém ela acabou cedendo, especialmente irritada — suponho — com o fato de eu não considerá-la capaz de ações inomináveis. Deixei que falasse sem interrupções e no final não consegui formular um comentário adequado.
— E então?
— É feio.
— Eu te avisei, agora é sua vez. E, se me contar uma tontice, vou embora e você nunca mais me vê.
Então me abri, a princípio de modo fragmentário, depois cada vez mais articulado, e não queria parar de falar, foi ela quem disse chega. Soltei um longo suspiro e disse:
— Agora você sabe de mim o que ninguém nunca soube.
— E você também sabe de mim.
— Não podemos nos deixar nunca, de fato estamos nas mãos um do outro.
— É.
— Não está contente?
— Estou.
— Foi uma ideia sua.
— Foi.
— Gosto de você.
— Eu também.
— Mas eu gosto muito.
— E eu muito, muito.
Poucos dias depois, sem bater boca, ao contrário, com um protocolo cortês que nunca tínhamos usado entre nós, decidimos que nossa relação estava encerrada e de comum acordo terminamos.

2.

No início, me senti aliviado. No fim das contas, Teresa era uma menina insubordinada e briguenta, qualquer frase minha gerava uma objeção, qualquer fraqueza, uma tirada sarcástica. Sem falar que ela discutia não só comigo, mas com todo mundo, lojistas, funcionários dos correios, guardas de trânsito, policiais, vizinhos, amigos próximos. A cada ocasião de embate ela intensificava uma risadinha que parecia de alegria, mas era de raiva, um som gutural que escandia frases cheias de insultos como uma cesura. Pelo menos duas vezes saí na mão com gentalha que se esquecera de como tratar uma garota. Mas depois os dias foram passando, transcorreram semanas, acumularam-se meses de uma vagabundagem inconsequente, até que o alívio perdeu força e comecei a sentir falta dela. Ou melhor, percebi que o espaço desenhado por ela na quitinete em que tínhamos morado, ou ao lado de mim na rua, no cinema, em qualquer lugar, estava vazio, cinza. Que complicado, um amigo me disse certa vez, se apaixonar por uma mulher que em todos os aspectos é mais viva que nós. Meu amigo tinha razão: embora eu não fosse apagado, em Teresa havia um excesso de força vital, e quando ela transbordava, não havia barragem que a segurasse. Isso era lindo e me dava saudades, de vez em quando desejava revê-la. Mas aí, justo quando eu estava me convencendo de que não havia nada demais em ligar para ela, topei com Nadia.

Não quero me estender muito sobre Nadia: era esquiva, muito contida até quando dizia bom-dia, gentilíssima, o contrário de Teresa. Topei com ela na escola, era formada em matemática, cultivava ambições acadêmicas e aquele era seu primeiro emprego. No início não a notei, estava muito longe do tipo de mulher que me atraía, parecia totalmente alheia aos tempos de efervescência política, literária e erótica em que me senti imerso antes, durante e depois de minha relação com Teresa. No entanto, alguma coisa nela — difícil dizer o quê, talvez o rubor que não sabia disfarçar — me agradou à medida que as semanas passavam, cada vez mais, e comecei a girar em torno dela. Provavelmente pensei que conseguiria armá-la contra aquela tendência a enrubescer, ensinando-a a romper os limites em todos os campos de sua vida, com palavras e talvez até com ações. À Teresa nunca ensinei nada, mesmo ela sendo dez anos mais nova que eu, mesmo tendo sido minha aluna naquele mesmo colégio onde eu ainda dava aulas. E isso me amargurou algumas vezes, ela parecia ter nascido pronta, ao passo que Nadia estava fechada num círculo minúsculo além do qual nunca se arriscara.

Primeiro comecei com frases gentis, depois assumi um tom divertido, por fim a convidei para um café na hora do intervalo. Café vai, café vem, aquilo se tornou um hábito, e notei que ela estava mais interessada que eu. Então um dia esperei umas duas horas, até que ela terminasse o trabalho, e propus almoçarmos juntos numa trattoria a poucos metros do colégio. Não aceitou, disse que tinha um compromisso, naquela ocasião descobri que estava noiva e se casaria no outono seguinte. De minha parte, contei a ela como amara uma mulher com quem tive vontade de passar a vida inteira, mas as coisas tomaram um mau caminho, terminamos a relação, e eu ainda sofria. Como ela ficou muito tocada por meu sofrimento, deixei passar uma semana, tornei a convidá-la, e dessa vez ela aceitou. Lembro que durante o almoço ela riu por qualquer coisa que eu dizia, estava nervosamente alegre. Enquanto esperávamos o prato principal, apoiei a mão na mesa a poucos milímetros da sua.

— Posso beijar sua mão? — perguntei, roçando-lhe o mindinho sobre a toalha branca, ao lado do copo cheio de vinho.

— Como assim, por quê? — exclamou, retraindo a mão de modo tão brusco que o copo teria tombado se eu não o tivesse agarrado com uma prontidão de reflexo que nem eu mesmo desconfiava ter. Respondi:

— Porque me veio o desejo.

— Deveria guardá-lo para si, é uma bobagem, não dizemos todos os desejos.
— Há bobagens que são maravilhosas de dizer, e de fazer também.
— Bobagens são e continuam sendo bobagens.

Uma frase definitiva, mas pronunciada com doçura: sabia ser gentil até nas repreensões. Depois ela quis ir para casa de ônibus, mas me ofereci para acompanhá-la com meu R4 caindo aos pedaços. Aceitou, e assim que nos sentamos lado a lado tornei a buscar sua mão com insistência. Dessa vez ela não se retraiu, talvez sobretudo pelo espanto, e eu fiz seu pulso girar com delicadeza, levei a palma até a boca e, em vez de beijar, a lambi. Então olhei para ela, esperando que protestasse enojada, mas vi em seu rosto um sorriso apenas esboçado.

— Fiz por brincadeira — me justifiquei, incomodado de repente.
— Certo.
— Você gostou?
— Gostei.
— Mas acha que é uma bobagem.
— Acho.
— E então?
— Faça mais uma vez.

Lambi sua palma de novo, depois tentei beijá-la, mas ela me repeliu. Disse em voz baixa que não podia, se sentia em culpa com o noivo, fazia seis anos que estavam juntos e felizes. Então passou a me falar dele sem parar, que na juventude tinha sido uma promessa do basquete, depois optou pelo estudo em vez do esporte e agora era um jovem químico que já trabalhava numa indústria importante, com um salário muito bom. Aquela última informação não me agradou, tive a impressão de que ela sublinhava, por contraste, que eu era apenas um professor de letras do ensino médio e não tinha o direito de encher-lhe a cabeça de conversas que perigavam arrastá-la para um caminho de perdição. Insisti em beijá-la e, como virou mais uma vez o rosto, exclamei:

— É só um beijo, que te custa?
— Um beijo é um beijo.
— Passo só a ponta da língua em seus incisivos.
— Não.
— Então só roço de leve seus lábios.
— Me deixe em paz.
— Que mal tem uma troca afetuosa?
— Tem que não quero magoar Carlo.

Carlo era o químico brilhante que ela amava havia anos. Disse que sempre tinha sido fiel a ele e que não era sua intenção jogar fora uma relação sólida por minha causa. Protestei:

— E bastaria um beijo para magoá-lo? Ele se acha o proprietário de sua boca e de sua língua?
— Não é questão de propriedade, mas de humilhação. Se você tivesse uma noiva, ela não se sentiria humilhada?
— Se eu tivesse uma noiva e ela se sentisse humilhada, eu a deixaria imediatamente. Onde é que está a humilhação?

Pensou um pouco, sussurrou:
— O beijo é a síntese do coito.
— Quer dizer que, se nos beijamos, trepamos?
— Simbolicamente, sim.
— Acho um exagero. De todo modo, um coito simbólico não faz mal a ninguém. Se Carlo é tão vulnerável, basta não contar nada a ele.
— Está sugerindo que eu minta?
— A mentira é a salvação da humanidade.
— Eu não minto nunca.
— Então vai ter de contar a ele que lambi a palma de sua mão.
— Por quê?

— Porque no início, não, mas depois fiz aquilo com uma intenção simbólica.

Ela corou, me olhou desorientada, e aproveitei para beijá-la levemente na boca. Como não se esquivou, apertei seu lábio inferior entre os meus, o prendi por alguns segundos e então o deixei para deslizar dentro dela com a ponta da língua. Já ia me retirar para verificar o efeito daquela brevíssima incursão quando foi Nadia quem afundou decididamente a língua em minha boca, uma língua viva, lisa e quente. Agora passava os braços em volta de minha nuca e os lábios aderiam pressionando com força, enquanto as línguas vasculhavam em cada canto da cavidade oral. Quando se desprendeu de mim — jogando a cabeça para trás como a se esquivar de um soco —, vi nela um outro rosto, de traços suavizados, com um olhar que era de desafio e, ao mesmo tempo, como se tivesse acordado naquele instante e tentasse sair de um torpor que a dominara. Procurei atraí-la de novo para mim, mas ela resistiu. Falei: mais, por favor, e ela não quis. Dei partida no carro e a levei para casa.

3.

Já dez minutos depois, aquele beijo me provocou uma tal necessidade dela que eu mesmo fiquei espantado. Nossa relação me parecia pouco mais que uma brincadeira, mas logo passei a pressionar, não havia dia que não a convidasse para almoçar, ir ao cinema, jantar. Como ela sempre se negava com elegância, certa manhã a detive depois das aulas num corredor deserto e lhe disse:

— Gosto de você.
— Eu também.
— Então por que escapa?
— Porque me faz mal.

O mal — ela explicou — era porque ela amava seu Carlo, e o bem que me queria desgastava o amor que tinha por ele.

Depois daquela explicação longa e cheia de balbucios sofridos, à qual repliquei que eu não apenas gostava dela, mas já sentia que a amava, aceitou jantar comigo num local sofisticado que eu conhecia.

Era inverno, fazia frio, chovia, mas a dois passos do restaurante virei numa estradinha escura e desliguei o motor. Ela pediu murmurando que eu desse a partida, respondi tudo bem, mas tentei abraçá-la. Me rechaçou, depois riu, depois sussurrou que queria ficar só um minuto, tranquila, com a cabeça apoiada em meu ombro. Nos ajeitamos de modo que, cada um em seu banco, aquele desejo de paz se realizasse. Mas, assim que ela se acomodou, aproximei os lábios dos seus e nos beijamos longamente. Senti com surpresa que a amava de verdade e não queria parar de beijá-la.

Até não muito tempo antes, achei que amava Teresa, que era alta e, apesar de magra, grande em tudo, os ombros, os quadris, os seios; que desprezava convenções e sempre se exprimia com franqueza; que mal tolerava não só os erros cometidos contra ela, mas sobretudo os feitos contra os outros; que considerava o sexo uma desenfreada manifestação de bom humor, as coisas importantes eram outras. Agora, entretanto, tinha a impressão de amar Nadia, que ao contrário era de corpo miúdo, contida, sempre atenta a não dizer coisas desagradáveis; e, quanto ao sexo — agora estava claro —, até mesmo deixar que lhe segurasse a mão, que entrelaçasse os dedos nos seus, lhe parecia acionar uma cadeia de significados complexos, capazes de reorganizar sua existência. Inútil dizer a mim mesmo: calma, reflita, não dá para passar de um modelo feminino ao seu avesso. O fato de que Nadia estivesse a mil léguas de Teresa me comovia de modo inexplicável, eu a sentia como uma menina, uma pequena Nadia permanentemente assustada por possíveis punições. Assim desfrutei dos beijos como nunca me acontecera antes e, para impedir que ela se retraísse interrompendo o contato entre as bocas, evitei qualquer tentativa de procurá-la com as mãos sob o abrigo do casaco espesso. Foi ela que a certa altura soprou em minha boca: vamos comer; e respondi, rouco de emoção: vamos.

Seguimos para a trattoria, que ficava no alto de uma rua estreita. Fazia cada vez mais frio, e a tomei pelo braço enquanto chegávamos à entrada vistosamente iluminada. Falei evitando tons irônicos, não tinha mais vontade de ironias:

— Me sinto muito agitado.
— Está nervoso?
— Não, estou contente, mas o desejo me deixou abalado. Você não está agitada?
— Em que sentido?
— Perturbada, sabe o que eu quero dizer.
— Posso não responder?
— Diga em meu ouvido.
— Não te digo nada.
— Por favor.

Me inclinei e encostei o ouvido em sua boca. Nadia meteu a língua dentro dele e eu me retraí num impulso, enxugando-o com o indicador. Falou com os olhos brilhantes:

— Satisfeito?

Voltamos e nos fechamos no carro, não fomos ao restaurante. No dia seguinte, assim que nos encontramos na escola, ela me disse que tinha contado tudo ao noivo, não conseguira mentir.

— Tudo o quê?
— Tudo.

Perguntei se queria casar comigo.

4.

Uma semana antes do casamento, topei com Teresa. Eu tinha acabado de sair da escola e me dirigia para o carro, conversando com três alunos, quando ela apareceu do outro lado da rua numa vespa e diminuiu a marcha, gritando: Pietro, seu pilantra, você ainda está vivo. Eu — talvez porque ela estivesse toda encapotada — num primeiro momento me virei para entender se a mulher que tinha gritado Pietro, seu pilantra, você ainda está vivo estava se dirigindo a mim ou a outro. Ela deve ter percebido a hesitação, porque, quando me despedi dos estudantes, atravessei a rua e me aproximei dela, falou com a habitual ironia, fingindo se lamentar: depois de ter jurado dez mil vezes que me amaria para sempre, já se esqueceu de mim. Me justifiquei culpando o capuz, a echarpe, a jaqueta e, depois de um bate-papo genérico, tentei me safar. Mas Teresa disse que conhecia uma rotisseria nova, onde faziam ótimos *arancini*,* e exclamou com o tom imperativo de costume: suba, em cinco minutos comemos e te trago de volta.

Obedecer foi um erro. Em poucos segundos voltou a velha intimidade dos corpos, reconheci o cheiro dos cabelos que saíam aos cachos do capuz, tornei a ouvir a voz que dizia, logo arrastada pelo vento: não me segure pelos quadris, seu bobo, senão caímos. Sempre gostei que ela me levasse na vespa. Nos primeiros tempos de nossa relação, ela se oferecia para me levar a qualquer canto, e era muito bom senti-la entre minhas pernas. Às vezes, quando não estávamos brigados, eu a beijava no pescoço, apoiava a cabeça em suas costas, e ela me recompensava ajeitando-se melhor no selim, de modo a se colar o máximo possível em mim. Em suma, revê-la me comoveu. Senti que, terminado o amor, milagrosamente a amizade não tinha acabado, ou pelo menos não a amizade que se nutre de uma intimidade física passada e que às vezes permite, sem constrangimentos, uma confidência perene. Comecei a contar a ela sobre um ensaio curto que tratava do estado da escola

---

* Bolinho de arroz frito e condimentado, típico da Sicília. [Todas as notas são do tradutor.]

na Itália, uma coisinha que eu tinha escrito assim, só para manter a cabeça focada depois que terminamos, e o resumi tomando tanto tempo que ela exclamou, brincalhona: imagine se não fosse curto, nem uma coisinha. Logo em seguida, falei da morte repentina de minha mãe dois meses antes, e aí, sim, com poucas frases secas, deixando que ela se alongasse com palavras sinceras de consolo. Por fim anunciei que estava para me casar e lhe falei longamente de Nadia.

Ela também parecia à vontade. Me contou que estava prestes a viajar para os Estados Unidos, tinha conseguido uma bolsa de estudos numa universidade do Wisconsin. Me falou com sarcasmo de um namorado seu, também ele estudante de veterinária, que lhe dissera: ou os Estados Unidos ou eu, e ela lhe respondera sem titubear: os Estados Unidos. Mostrou-se contente com meu casamento, disse: você nasceu de bunda para a lua, finalmente achou uma cretina que não se deu conta de quanto você é perigoso. Essa última tirada me chateou um pouco, mas não demonstrei, ao contrário, ri concordando e resmunguei: aprendi a me esconder melhor. Mas ela, por sua vez, se deu conta de que dissera algo que, apesar do tom divertido, podia soar incômodo e tentou — fato novo — remediar:

— Mas também tem muitas qualidades e, quando resolve dar espaço a elas, essa Nadia poderia até ser bem sortuda.

Seguimos naquela toada por mais um pouco, e então ela me acompanhou de volta até o carro. O tráfego era intenso e, quando ela se enfiava entre os veículos, eu, temendo bater com o joelho nas laterais dos carros e dos ônibus, me apertava contra suas coxas e me acalmava. A certa altura apoiei o rosto em suas costas, me veio à mente minha mãe na noite antes de morrer e caí no sono por uns instantes.

— Eu me senti muito bem — disse a ela quando chegamos ao carro, ao me despedir.

— Eu também.

— Divirta-se na América.
— E tente se comportar bem com Nadia. Não atormente a moça como fez comigo.
— Mas o que é isso, eu te amei muito.
— Podia ter feito melhor.
— Mas também pior.
— Quanto a isso não há dúvida. Mas lembre que, se você vacilar com essa pobre moça, eu sei coisas que podem te destruir.

Falou assim, com um tom alegre, e foi um instante, um longo instante que me pareceu uma agulha enfiada no estômago e logo extraída. Repliquei num tom igualmente alegre:
— Eu também sei coisas lindas sobre você. Por isso, olhe lá, ande na linha.

Íamos nos beijar no rosto quando, no último momento, ambos mudamos de ideia e nos demos um leve beijo na boca. Reforcei rindo:
— Fique esperta.

5.

Aquele encontro trouxe certa agitação aos meus últimos dias de solteiro. Se antes eu nem tinha me dado conta de que uma fase de minha vida estava para terminar, agora me peguei pensando incomodado que, na situação de noivo, de marido, mesmo uma tênue evocação íntima dos momentos mais apaixonados vividos com quem tinha me amado e me feito sofrer era uma ofensa a quem agora me amava e me fazia feliz. Mas eu exageraria se dissesse que me senti culpado por ter tido a impressão de ainda desejar Teresa. Na verdade, o que se passou foi que, ao pensar nela, me veio à memória uma obsessão de infância que não tinha nada a ver com a esfera erótica.

Por volta dos sete ou oito anos de idade, estive com frequência a ponto de pular da janela. Na época, eu morava no terceiro andar, e na frente de casa se estendia o campo aberto, árvores frutíferas, mato, passarinhos, cães, gatos, galinheiros. Eu me trancava no banheiro, me inclinava sobre o parapeito estreito — em momentos de intensa determinação, chegava a me sentar ali com as pernas penduradas — e olhava no alto o céu azul ou cinzento ou com nuvens brancas alongadas pelo vento, e lá embaixo a faixa de asfalto, a trilha íngreme que levava aos campos. Com toda a probabilidade eu era um menino infeliz, aliás, era com certeza infeliz, mas excluo que tenha querido morrer de modo consciente. Ao contrário, estava certo de que, se pulasse, não aconteceria nada comigo, nem um osso quebrado, e mais, o salto me daria um enorme prazer. Todavia, mesmo tendo estado mil vezes a ponto de saltar, nunca o fiz. O que me levou a desistir, creio, foi uma incongruência: a certeza absoluta da invulnerabilidade convivia em minha cabeça com a certeza igualmente absoluta de que, se a porta do banheiro se abrisse de repente e alguém por brincadeira me desse um empurrão enquanto estava sentado no peitoril, a empresa perderia seu encanto, eu cairia lá embaixo e morreria. Não consegui me desvencilhar daquela contradição, e a hipótese do salto prodigioso perdeu força. Renunciei a ele como tempos antes havia renunciado às belas cambalhotas que sabia fazer me agarrando a uma barra de ferro no pátio: um colega me acertara de surpresa um tapa na nuca, o que me fez soltar o apoio e bater com a testa no chão.

Essa historieta de menino se apresentou por dias, sem razão, ao lado da história adulta com Teresa, e talvez a coisa tenha se dado já enquanto ela ia embora na vespa e eu a olhava procurando no bolso as chaves do R4. As horas passaram e Teresa se apagou, mas não se dissolveu o cenário do parapeito, do campo, do vazio que me perseguiu por dias, como o motivo de uma melodia. Depois, bem às vésperas do casamento, da noite para o dia e sempre de modo incongruente, quase de dentro daquela memória de infância despontou inesperado um pensamento: e se Teresa, numa de suas habituais reviravoltas, só pelo gosto de me prender às minhas responsabilidades, localizasse Nadia e contasse a ela meu segredo? Desde aquele momento comecei a passar mal. Fiquei angustiado um dia inteiro e à noite não consegui dormir. De manhã, para me acalmar, decidi ligar para minha ex-companheira e recordar a ela, com toda a seriedade, que tínhamos um pacto: não contar nunca a ninguém o que havíamos confidenciado. Recorri ao número que tinha, mas descobri que não estava mais ativo. Foi uma sorte, aquele obstáculo me fez voltar a mim. Entendi que, se houvesse falado com Teresa, ela teria feito de tudo para multiplicar minha angústia; e se por revanche eu ameaçasse revelar seus segredos, ela gozaria ainda mais, rebatendo: até este momento não tive nenhuma intenção de lhe causar vergonha, mas agora, depois do que me disse, farei isso com certeza. Então me despreocupei e fui me casar. Nadia quisera um casamento na igreja, eu teria preferido só no civil; mas eu a amava e, como se diz, estava pronto a fazer qualquer coisa por ela. Durante a cerimônia temi, um tanto por deboche e um tanto a sério, que na hora H Teresa aparecesse gritando: parem tudo, preciso me opor a essa união, sei de fatos que me sinto no dever de tornar públicos. Naturalmente, não foi o que ocorreu. Numa atmosfera alegre, sem problemas, Nadia e eu nos tornamos marido e mulher.

6.

Os primeiros anos de casamento foram em muitos aspectos felizes. Ambos trabalhávamos no mesmo colégio de um subúrbio de Roma e alugamos por um valor irrisório um belo apartamento num pequeno edifício em Montesacro, que pertencia a uns parentes do Abruzzo de Nadia, originária de Pratola Regina como toda a sua numerosa família. Decoramos o local com todo o empenho, mas dizer "nós" é uma bravata, foi minha mulher quem tomou a frente, eu me limitei a arrumar os livros, umas fotos e pastas cheias de papéis no quartinho gelado que escolhi como escritório.

Era uma casa que dava alegria, os cômodos de manhã se enchiam de luz, logo passamos a viver muito bem ali. Localizava-se no centro de um jardim que emanava perfumes inebriantes. A terra ora cheirava a morangos, ora a cogumelos, ora a resina, e quase sempre a terra úmida. Das sacadas se avistavam outros jardins e um prédio dos anos 1950 que, tanto no mau tempo quanto com céu límpido, parecia o vulto de um grande animal sereno. Em certas manhãs, o céu azul se apoiava em nuvenzinhas paradas que apagavam os lariços, e tudo parecia milagrosamente imóvel, como se a poucos passos dali não houvesse o trânsito intenso dos automóveis rumo ao anel viário.

Nadia tinha cursado a universidade em Nápoles, onde viveu até se formar. Falava da cidade com simpatia, mas não a amava. Porém amava cada pedra ou folha de Valle Peligna e, quando elogiava a qualidade do ar — o ar de sua infância —, parecia elogiar sua mãe, uma alegre professora do ensino fundamental que falava aos adultos como sempre falara com as crianças. Aliás, tínhamos ido parar naquela casa de Montesacro não tanto porque o aluguel era baixo, mas sobretudo porque eram pedras e espaços de família, e ali Nadia se sentia protegida. Havia muito verde, a cidade carregada assumia uma leveza que lhe dava alívio.

Eu — devo admitir — me adaptei lentamente ao idílio matrimonial, os idílios nunca me entusiasmaram em particular. Enquanto fui solteiro, durante as férias de Páscoa, de Natal, ou até em fins de semana ou nos dias sem aula, não via a hora de ir para Nápoles, minha cidade natal, ao Vasto, onde tinha parentes, amigos e memórias da infância e adolescência. Mas também ficava de bom grado em Roma, em San Lorenzo, endereço da quitinete que eu ocupara com Teresa e cenário de estudo, de paixões políticas, de discussões sobre o estado do planeta, de bebedeiras e noitadas de pôquer, de amores amenos ou tempestuosos. Não que eu não gostasse de Montesacro, me sentia bem lá, mas meu modo de empregar o tempo livre não coincidia com o de Nadia. Ela adorava ficar em casa estudando, ou passear nas ruas silenciosas do bairro, pelas grandes vilas da cidade, Villa Torlonia, Villa Borghese, Villa Ada; ou, melhor ainda, fazer excursões de carro por locais do Abruzzo que ela conhecia perfeitamente, desde sempre, e passar os domingos com os parentes de Pratola, sobretudo com o pai, um homem silencioso, professor de ciências, diretor havia muitos anos. O que vale dizer: de início senti saudades da vida de solteiro, mas, como tudo o que agradava à minha mulher também me agradava, rapidamente terminei achando bom até seu modo de passar o tempo.

Claro, Nadia logo percebeu em mim um mal-estar difuso e, quando me ouvia ao telefone falando com alguém que eu frequentara até anos recentes, me dizia: vá, são pessoas importantes para você, vou gostar se passar uma noite com eles; aliás, pode convidá-los, quero conhecê-los, temos espaço, vamos dar uma festa. Mas eu respondia: não, não, prefiro ficar com você. E era verdade, eu adorava misturar meu tempo ao dela, jogar conversa fora, ouvi-la enquanto tentava me explicar sobre o que tinha trabalhado em sua tese e no que ainda estava trabalhando graças ao encorajamento de um velho professor que a estimava muito. No entanto, devo admitir, não conseguia entender bulhufas das superfícies algébricas, e dizia a ela — sou um pobre literato amarrado para sempre em *rosa, rosae, rosae, rosam* — e lhe confessava que me envergonhava disso: como eu gostaria, Nadia, de ter uma cabeça simultaneamente capaz de belas-letras e de máximos sistemas, como Galileu, mas não tenho. Porém prometia a ela que me esforçaria o máximo possível para compreender o objeto de seus estudos, porque — sussurrava abraçando-a — quero saber tudo de você, tudo, tudo, e começava a beijá-la, me dava gana de estalar os lábios em cada centímetro de sua pele, fazendo-a se retorcer e rir. De fato, ela logo se retorcia e chutava tanto que eu a ameaçava parada, deixe-me ver o que temos aqui, e não ria, se você se agitar demais, acabo te machucando por te fazer bem, e com voz rouca de ogro a chamava de Nigritella, Nigritella Rubra, como a famosa orquídea de Valle Peligna, era o apelido da paixão que não acabava mais e do sexo que, assim que acabava, já queria recomeçar.

Entretanto, o brevíssimo ensaio que eu tinha escrito tempos atrás foi publicado num quadrimestral dedicado à escola. Nunca tive particulares ambições, me bastava meu trabalho de professor e uma vida cheia de leituras, de atenção aos outros, de afetos. Mas tinha preenchido o vazio deixado por Teresa rabiscando aquelas paginazinhas e, depois de tê-las guardado um tempo na gaveta, mostrei a um amigo que sabia tudo de escola. Não vi nem ouvi esse amigo por meses, até que numa manhã uma colega muito combativa, que conheci quando fiz diligentemente certos cursos de pura perfumaria para me habilitar ao magistério, me telefonou no colégio para me dizer:

— O que você aprontou?

— Não sei, me diga você.

— Você escreveu que a escola que temos só serve para quem não precisa dela.

— Eu? Claro que não.

— Mentiroso, o texto está bem na minha frente, preto no branco. E não sou só eu que estou puta, todos estamos. Agora vamos escrever uma carta dizendo que uma revista séria nunca deveria ter publicado uma coisa tão superficial.

— Você leu mal, eu falava em termos gerais, não me referia a professores como você.

A vida pública desse meu ensaio começou com aquela chamada dolorosa, tanto que nem comprei a revista e evitei falar disso com Nadia, só para esquecer mais depressa o texto e o telefonema. Mas comprei o número seguinte, pois meu amigo reapareceu e me anunciou, recusando-se alegremente a ser mais explícito, que no número recém-lançado eu encontraria uma agradável surpresa. A redação — descobri — havia publicado a carta crítica, que no fim das contas não era tão feroz, ao contrário, tinha um tom pacato e fazia uma argumentação judiciosa; mas — e esta era a surpresa — a carta estava inserida num artigo bem mais extenso, assinado por um pedagogo então muito conhecido, Stefano Itrò, que tecia elogios ao meu pequeno ensaio sem meios-termos, talvez até de modo exagerado.

Quando li aqueles dois textos para Nadia, na cozinha, enquanto do lado de fora — me lembro — fazia um frio siberiano e o vento soprava contra as paredes do prédio tirando sons alarmantes, ela me perguntou:

— Por que você não me falou disso antes?
— Isso o quê?
— Seu ensaio.
— Quando o escrevi, ainda não estávamos juntos.
— Mas não me contou nem agora, que estamos casados.
— Não me pareceu uma coisa importante. Você trabalha com problemas seríssimos, e eu rabisquei umas quatro bobagens.
— Ela leu naquela época?
— Ela quem?
— A que estava com você antes de mim.
— Teresa? Não, já tínhamos rompido.
— Eu te conto tudo sobre minhas aspirações, você, nada.
— Vou agora mesmo buscar o texto e leio todo ele em voz alta para você. Vai ver que não vale a pena.

Contrariando nossos hábitos de gentileza, a resposta foi dura:
— Se não vale a pena, não me faça perder tempo.

Passados uns dias, entendi por que ela estava tão tensa. Justo naquela manhã ela tinha levado urina ao laboratório para saber se estava grávida. Fizera isso sem me avisar, era uma época em que mulheres como Nadia (Teresa, não; a qualquer mudança no mecanismo das menstruações ela me dizia: tem certeza de que não me aprontou uma?) evitavam com leve embaraço tratar de certas manifestações de seu corpo. Uma tarde, voltei de uma chatíssima reunião na escola e a encontrei feliz. Estava grávida, e já não se importava que eu tivesse lhe omitido meu ensaio.

7.

Os nove meses de gravidez voaram. Minha mulher não se incomodou com os enjoos, vomitou com discrição, e com discrição, de dentes cerrados, suportou o trabalho de parto. Em poucos dias já estava de pé, fingindo até para si que não só não tinha sofrido, mas que também não havia sequelas. Por isso me vi carregando minha primeira filha, Emma — um pequeno ídolo bem trabalhado, de cor violácea —, como se não tivesse sido expulsa por Nadia obedecendo a seu próprio organismo, mas a tivesse trazido de fato, com doçura, uma cegonha.

Me senti orgulhosíssimo. Tinha menos de quarenta anos, fazia de bom grado meu trabalho, era casado e amava demais minha mulher, tinha nos braços a reprodução perfeita de um vivo corpo feminino para cuja realização eu contribuíra nos limites de minhas possibilidades. De quebra, graças a meu ensaio, havia alguns meses me convidavam de vez em quando para falar sobre escola. Não só. Justamente no dia em que Emma completou seis meses de vida, me telefonaram de uma editora importante. Uma voz firme de mulher, provavelmente uma secretária eficiente que não queria perder tempo, disse:

— Meu nome é Tilde Pacini, posso passar a ligação ao professor Itrò?

Senti no peito uma labareda de espanto, como se ao acender o gás de manhã cedo sob a cafeteira notasse que o pijama pegava fogo. O professor Itrò era o pedagogo que elogiara vivamente meu ensaio, e ao ouvir seu nome não consegui me controlar: emiti um som gutural, uma espécie de *uah* entusiástico e selvagem. Tilde perguntou:

— Não entendi, me desculpe, o senhor está ocupado no momento?

— Não, não, pode passar, obrigado.

Depois de algumas perguntas sobre onde eu dava aulas, o que ensinava e há quanto tempo, Itrò me propôs transformar o ensaio num pequeno volume para uma coleção que ele dirigia.

— Cem páginas — disse.

— Impossível, é muita coisa, nunca vou conseguir escrever cem páginas.

— Pode apostar que no final vai escrever trezentas e depois terá de cortar.

— Posso pensar?

— Todo o tempo que quiser.

Dessa vez falei imediatamente com Nadia, e ela a princípio se mostrou feliz — exclamou duas vezes que maravilha, com olhos cansados —, mas em poucos minutos pareceu ansiosa.

— Como vamos fazer?

— Em que sentido?

— Como vamos fazer com Emma? Não posso chamar sempre minha mãe ou minha irmã.

— Vou trabalhar de noite, quando ela estiver dormindo.

— Vai ter muitos compromissos fora de casa?

— Não creio.

— Porque vou ter de ir a Nápoles, senão as coisas ficam mal na universidade.

— Claro.

Liguei para Tilde Pacini, disse que aceitava e, depois de duas semanas, chegou o contrato para minha assinatura. Por mim, teria assinado de pronto e reenviado à editora, mas Nadia quis examiná-lo com cuidado. Leu, releu, procurando em cada evidência, nas cláusulas adicionais, os vestígios de uma ameaça a nós como casal e, por consequência, à nossa filha, mas só achou que o adiantamento, objetivamente uma miséria, era muito baixo. Agradeci a ela pelo empenho, dei-lhe uns beijos e expliquei que, para mim, escrever aquele livro era acima de tudo um passatempo, um exercício de caligrafia. E ela finalmente permitiu que eu assinasse, embora parecesse uma Penélope recomendando em vão a Odisseu que, no caso de topar com as Sereias, tapasse os ouvidos com cera e pensasse apenas no futuro de Telêmaco.

Escrevi o livro em pouquíssimo tempo, não mais de oitenta páginas. Foi difícil conciliar as necessidades de Emma, de Nadia, que precisava ir a Nápoles para ver o professor, e as minhas, que tinha de correr à biblioteca para fazer pesquisas. Mas minha sogra nos ajudou muito, Nadia se sacrificou um pouco mais do que já se sacrificava normalmente, e eu entreguei pontualíssimo o manuscrito.

Levei-o pessoalmente à editora e, naquela ocasião, conheci Tilde. Era uma mulher de seus quarenta anos, com um belo rosto inteligente, desses de ossatura minúscula, olhos pequenos em forma de amêndoa sob cabelos louros e curtos, um pescoço comprido como um caule a se erguer de um vestido azul de lã fina. Encontrei também Itrò, pouco menos de sessenta anos, baixa estatura, magérrimo, o olhar vigilante como se temesse emboscadas em cada corredor que percorria, a cada porta que abria. Fui almoçar com ambos num bom restaurante no Pantheon, e me trataram com simpatia. No intervalo de uma semana a simpatia se transformou em entusiasmo, e Tilde me disse alegremente ao telefone: temos boas notícias, e não lhe digo mais nada; nós o esperamos amanhã às quatro da tarde na editora.

Fui com quase uma hora de antecedência, que passei circulando em torno do edifício num estado de agradável excitação.

Assim que me recebeu, Itrò anunciou com solenidade que o livro havia superado em muito suas expectativas, eu tinha feito mesmo um belo trabalho. Tilde, que não era uma secretária, mas uma redatora — descobri naquela ocasião —, assumiu tons mais contidos.

— O senhor — me disse — é realmente honesto. Honesto e ao mesmo tempo ingênuo, uma mistura preciosa que o torna um homem livre.

— Obrigado.

— Precisamos trabalhar um pouco nele, nada demais, o livro para em pé.

— Tudo bem, estou à disposição.

Trabalhamos por dois meses. Fui à editora duas vezes por semana, causando não poucos transtornos à organização do tempo planejada por Nadia. Mas foi um transtorno necessário. Tilde conferiu cada afirmação minha, cada citação, até os poucos dados estatísticos que eu exibia aqui e ali, e achou não poucas incongruências na argumentação, alguns erros bibliográficos, até uma escorregada na ortografia. Fiquei bem próximo dela, era muito competente, mas também espirituosa. Descobrimos que tínhamos vários amigos em comum, todos entre os trinta e os quarenta anos, todos em luta por um mundo melhor e, consequentemente, por uma escola melhor. No final fiquei sabendo que tivera contato até com o marido dela, em tempos remotos. Ele se lembrava de mim, eu, não; mas falei igualmente que sim.

— Você faz com frequência esse som? — me perguntou uma vez enquanto, agora bastante amigos, nos permitíamos uma pausa para o café num ordinário corredor da editora.

— Qual?

Ela produziu um som engraçado e, de senhora contida e formal que era, transformou-se bruscamente por alguns segundos numa menina gaiata e careteira.

— U-ah.
— Não, só fiz naquela circunstância.
— Faça de novo, por favor.
— Uah.
Me deu um tapinha.
— É, você é mesmo uma pessoa direita.
Naquele momento Itrò apareceu, entrou na conversa e, sem um nexo preciso, me perguntou com sua vozinha fina, de cavalheiro muito culto:
— O senhor tem esposa?
— Tenho.
— E o que ela faz?
— Dá aula na mesma escola que eu, nos conhecemos lá. Mas também trabalha na faculdade de matemática de Nápoles, é competentíssima.
— Ótimo, vamos encomendar um livrinho a ela também, diga-lhe isso.
— Sim — disse Tilde —, sobre o ensino das matérias científicas, um gêmeo do seu.
— Temos uma filha de menos de um ano, que toma todo o nosso tempo.
— Então vamos encomendar um livrinho também à menina — brincou Itrò.

8.

Pelo que eu podia lembrar, nunca gostei de mim, nem na infância nem na idade adulta. Mas naquela tarde, enquanto voltava de ônibus a Montesacro, comecei a pensar que a conjugação de várias circunstâncias — o rompimento com Teresa, a fase dolorosa de um final de amor que eu preenchera escrevendo um breve ensaio de sucesso, o casamento com Nadia, o nascimento de Emma, e agora aquele livro, a afetuosa acolhida de uma pessoa muito admirada como Itrò, de uma mulher competente como Tilde — estava me transformando para melhor. Entretanto, algo não me agradava naquela lista. O ônibus estava atravessando a penumbra da avenida Nomentana sob uma chuva insistente, que desfolhava a longa fila de plátanos escurecidos pela fumaça, quando me dei conta de que, entre os fatos positivos de minha vida recente, eu tinha inserido a ruptura com Teresa. No momento me pareceu uma maldade. O pior de nossa relação já estava reduzido a cinzas que, observadas à distância, mostravam na superfície um desenho leve e no fim das contas tolerável. E, agora que já não nos torturávamos fazia tempo, o período que passamos juntos gozando um do outro se mostrava de uma maravilhosa plenitude e intensidade. Enquanto voltava a pé para casa lutando com o guarda-chuva que o vento, com rajadas repentinas misturadas à água, tendia a transformar de cúpula em cálice — como é fácil mudar com palavras a forma das coisas —, pensei: quem sabe onde ela anda, o que tem feito, preciso procurá-la, escrever a ela, contar a boa-nova do livro, essa minha virada.

Mas, quando entrei em casa, Teresa sumiu da minha mente. Encontrei o apartamento em desordem, Emma chorando, Nadia nervosa. Tentei imediatamente tranquilizar minha mulher, procurei fazê-la rir e enquanto isso acalmei Emma, dando a ela — entre gracejos e caretas — a papinha que não queria receber da mãe. Por fim jantamos, lavei os pratos entretendo a menina que balbuciava do cadeirão e quis colocá-la para dormir, embora comigo ela resistisse ao sono porque eu gostava de senti-la feliz e continuava brincando com ela. Depois fui até Nadia, que estava estudando com ar enfezado. Falei da tarde na editora, contei que o livro iria logo para a gráfica. Beijei-a no pescoço e sussurrei:

— Vamos para a cama, Nigritella.

— Vá você, eu preciso trabalhar; e, se você continuar me falando de suas coisas, precisarei ficar acordada a noite toda.

— Não pode trabalhar amanhã e ficar um pouco abraçada comigo?

— Se for para trabalhar sempre amanhã, não trabalho mais.

Percebi que ela estava prestes a cair no choro e me apressei em dizer:

— Realmente terminei o livro, a partir de amanhã vou cuidar de tudo.

— Conversa-fiada.

— Você sabe que é sério. Preciso apresentar Itrò a você, e também Tilde Pacini. São pessoas excelentes.

Engoliu as lágrimas.

— Amantes?

— Que nada, ele tem mulher e quatro filhos. E Tilde também é casada, o marido é muito simpático, eu o conheci nos tempos da faculdade. Têm duas meninas, uma de oito e outra de doze anos.

— Vamos convidá-los para jantar.

— Sim, quero convidar Tilde e também Itrò. Ele tem planos para que você faça um livro parecido com o meu, mas sobre as matérias científicas.

Pensei que a ideia a deixaria de bom humor, mas Nadia tornou a ficar sombria. Disse, dessa vez com os olhos enxutos:

— Você sabe que estou trabalhando há anos numa coisa que vai decidir meu futuro na universidade?

Fiz sinal que sim, não retruquei. Deixei-a trabalhando e fui dormir.

9.

No dia seguinte, liguei para uma amiga de Teresa com quem ela dividira o alojamento antes de vir morar na minha quitinete em San Lorenzo. Foi ela quem me contou que, do Wisconsin, com uma de suas reviravoltas surpreendentes, Teresa tinha sido aprovada no MIT e agora vivia em Boston. A amiga não sabia quando nem por que acontecera aquela mudança de núcleo e de perspectivas: com certeza — disse — ela sempre foi excelente, e agora está fazendo algo importante, tanto é que topei com o nome dela numa prestigiosa revista científica americana, no meio de outros jovens promissores de meio mundo.

Em vez de me alegrarem, aquelas notícias me deram ânsia. Tinha telefonado para saber de Teresa e sobretudo para ver se obtinha o endereço dela. Fiz aquilo sem muitas expectativas (se ela souber para onde posso escrever, ótimo; se não, paciência). Porém, no instante em que insinuei aquela pergunta, notei que a amiga, mesmo tendo seguramente o endereço, teria preferido não me dizer. Para me justificar, soltei uma frase do tipo: o amor acaba, o afeto, não; e cheguei a dizer que gostaria de enviar a ela um livro meu que estava para ser lançado. Por fim, a amiga me passou o endereço, mas fiquei com a impressão de que ela temia estar fazendo algo errado.

Assim que encerrei a ligação, descobri que a ânsia aumentara e que eu já não tinha vontade de escrever a Teresa. O que eu lhe diria, que sentido havia em mencionar meu ensaio sobre a escola? Ela estava nos Estados Unidos, no MIT, sabe-se lá que coisas incríveis andava fazendo. Talvez tivesse me esquecido completamente, talvez também estivesse casada, quem sabe à sua maneira desenvolta, sem compromisso, convivendo com algum cientista não menos promissor. Mas, acima de tudo, eu a conhecia bem: Teresa tendia a ser brilhante e criativamente pérfida; de regra, sua perfídia não trabalhava na sombra, com meias frases para quem quisesse entender, mas era lançada na cara da pessoa que era seu alvo, com um estalar da inteligência que acabava divertindo os presentes e frequentemente a própria vítima; vai saber então do que ela seria capaz em um momento de triunfo, de absoluta plenitude de si. Temi que arruinasse meu frágil estado de bem-estar e deixei a folha com o endereço na escola, no armarinho, dedicando-me ao papel do indivíduo — segundo Tilde — honesto a ponto de ser ingênuo, e por isso livre. Exatamente o que eu queria ser.

Mas a corrente de ânsia nunca se rompeu de todo. Certa manhã me voltou à mente a conversa com a amiga de Teresa. Eu tinha perguntado: você tem o endereço dela, queria escrever, e imediatamente se seguiu aquela fração de segundo em que o interlocutor oscila entre a verdade na ponta da língua e uma mentira alinhavada às pressas. Para aquele fragmento infinitesimal de silêncio perplexo podiam ser dadas cem explicações, todas diferentes, mas o que importa aqui é o que eu pensei: talvez Teresa tenha lhe revelado algo desagradável sobre mim, e foi esse o motivo que a fez vacilar.

A hipótese transformou a ânsia em preocupação, e até em medo. Seria possível que Teresa tivesse comentado com a amiga aquilo que eu lhe dissera em segredo? Não — tentei me acalmar —, é impossível, ela tem mil defeitos, mas não é fofoqueira, não fala por trás, se prometeu manter uma coisa para si, o fará. No entanto, não consegui sossegar e recuperei o endereço. Agora já não queria escrever por afeto, mas porque a sentia distante e incontrolável como um cometa que deixa influxos nefastos em seu rastro. Esperava que a carta a reaproximasse de mim, que me permitisse verificar se ela estava pensando em me fazer mal. Meu livro estava para sair, Tilde e Itrò o viam como a manifestação por escrito de minhas qualidades profissionais e humanas, só faltava que em torno de mim se espalhasse um boato feio. Redigi a carta, em três ou quatro páginas me veio o tom irônico de sempre. Depois de tê-la cumprimentado pelo que eu chamava de seus sucessos americanos, depois de ter acenado ao nascimento de Emma e às minhas ninharias italianas, depois de ter devaneado sobre como a vida piora alguns e melhora outros, depois de ter sublinhado que nós dois pertencíamos a essa segunda categoria — de fato, ambos estávamos dando o melhor de nós —, escrevi na conclusão: ainda bem que nos deixamos, era a única maneira de continuarmos gostando um do outro. Abraços, beijos, e expedi a carta como quando, numa trilha solitária de montanha ou de campo, se faz um aceno amigável de saudação a um desconhecido, esperando que o gesto seja retribuído em sinal de paz.

A partir de então me senti aliviado. Dava por certo que me responderia com seu jeito desencantado algo do tipo: meu caro, eu nunca gostei de você, mas, já que está se comportando direito, sim, posso começar agora. Mas na verdade eu esperava algo mais, uma espécie de renovação explícita de nosso pacto de confidência. Uma parte não desprezível de mim temia que o dique cedesse e minhas escórias descessem em enxurrada. Desejava que Teresa me dissesse: a barragem está de pé, cretino, não há perigo.

10.

Esperei por semanas, a resposta não veio. Voltei a me preocupar, mas me preocupava tão evidentemente por nada que enfim esqueci minhas próprias preocupações. Tanto mais que logo meus pensamentos se ocuparam de outras coisas, meu livrinho já estava nas prateleiras das livrarias. Tilde tinha boas relações com as redações dos jornais, sem falar que na época o nome de Stefano Itrò contava muito, era uma garantia de qualidade. Ambos agiram de modo que, no intervalo de um mês, saíssem aqui e ali resenhas que, mesmo quando falavam criticamente do livro, lhe atribuíam um considerável número de méritos. Ao lê-las em sequência, o que mais me emocionou foi que não só quem já me conhecia e gostava de mim, mas também os resenhistas, gente que nunca me vira, pareciam imaginar precisamente como enfim eu estava conseguindo ser. Tanto os que louvavam minhas páginas quanto os que criticavam sempre acabavam de algum modo me definindo como rigoroso, culto, às vezes desencantado, nunca desapaixonado.

Tilde ficou feliz. Em síntese, disse num tom solene que eu nunca ouvira nela (era uma mulher que abominava frases excessivas): estão reconhecendo suas qualidades fundamentais, nobreza de coração e inteligência sutil. O próprio Itrò analisou as resenhas e concluiu: sinto que também o público o acolherá com entusiasmo. Mas a princípio aquela previsão se revelou equivocada. Tilde organizou uma apresentação do livro na Feltrinelli da Via del Babuino. Convidou para a mesa um pedagogo tão famoso quanto Itrò, uma combativa diretora de escola, um docente meio apagado e um estudante cdf, que falaram prolixamente a uma plateia de umas quarenta pessoas, entre elas alguns colegas meus do colégio, estudantes que me admiravam, Nadia acompanhada de familiares e, naturalmente, Emma, que protestou sem parar porque queria vir para meu colo e brincar justo enquanto eu balbuciava poucas frases sobre minhas intenções de autor. Todos discutimos entre nós, tanto que nem houve tempo para o debate. O único a pedir a palavra foi um sujeito atarracado, de lábios finíssimos e uma testa que lhe devorava o rosto. Disse: se esse livro tiver sucesso, por muito tempo não vamos conseguir falar de modo sério sobre a escola, e se escafedeu enquanto os debatedores e o público faziam expressões de incômodo. Ainda bem que Tilde e Itrò ficaram encantados com Nadia e Emma. Usando expressões diferentes, ambos me disseram: por que você escondia de nós uma mulher tão bonita e inteligente, uma filha tão extraordinária?

Nadia também pareceu feliz por conhecê-los e, quando voltamos para casa, me falou de ambos com simpatia. Na cama, antes de apagar a luz, me consolou pela tirada ácida daquele tal de lábios finos. Disse: não imagina como fiquei com raiva, que ser odioso, deu vontade de estapeá-lo; ainda bem que você não perdeu a compostura, é realmente uma boa pessoa. E concluiu: vamos manter nossa vida firme, por favor, é só o que importa.

Dei razão a ela, mas foi difícil pegar no sono. Por pelo menos uma hora ruminei possíveis réplicas ferozes às palavras mal-educadas do desconhecido e tentei inutilmente não pensar em Teresa, que do MIT estrilava toda satisfeita: meu caro, você está pegando no pé do único que tinha um pouco de espírito crítico. Entretanto, já no dia seguinte eu me senti sereno. Tinha escrito meu livro com honestidade, continuava fazendo bem meu trabalho de educador e, no fim das contas, a organização familiar funcionava. Abracei Nadia ainda adormecida e, como nos últimos tempos ela estava com dificuldades de ser recebida pelo orientador velho e ranzinza, a incentivei a aproveitar o dia livre na escola para ir a Nápoles, enfrentar o medalhão e impeli-lo a se pronunciar de modo claro sobre seu futuro acadêmico. Quanto a mim, levei Emma ao trabalho, deixei-a aos cuidados de uma aluna minha e dei aula à parte masculina da sala, enquanto a feminina, mesmo fingindo me escutar, brincava com a menina. Na saída, comprei um álbum para guardar as resenhas e, à tarde, as organizei sob o papel celofane com a colaboração alegre de Emma. Numa prateleira de minha saleta fria, também arrumei os três exemplares de cortesia e considerei aquela pequena experiência encerrada.

Nadia voltou à noite, exausta, o rosto apagado. Em síntese, disse o mesmo que eu havia pensado sobre mim e meu livro, porém de modo mais dramático: minha experiência com a universidade acabou, o professor não leu nem sequer uma página do que eu tinha entregado a ele um mês atrás, ou mais provavelmente até leu, claro que leu, e se deu conta de que não consigo levar adiante um trabalho de pesquisa. Tentei animá-la, fiz que me contasse em detalhes o que o professor lhe dissera e me agarrei a meias frases para convencê-la de que ela estava exagerando, que na verdade era muito apreciada, que logo o velho leria a sério suas equações ou sei lá o quê, e tudo tomaria o melhor rumo.

Era o que eu sinceramente esperava que lhe acontecesse. Mas as coisas não seguiram assim, foi minha condição que passou a melhorar. Tilde ligava com frequência para me dizer que saíra uma nova resenha, que havia um convite para falar numa livraria, que queriam que eu fosse a um colégio, que tinha sido convidado a participar de uns dois congressos, que enfim o livro estava circulando bem. Desorientado e um tanto ansioso, me vi indo ao encontro — como se diz — dos leitores, ou seja, da gente que tinha desembolsado dinheiro para me ler e que agora queria discutir comigo.

— O senhor está dizendo que, nas condições atuais, não há como se fazer um bom trabalho?
— Sim.
— Então a escola deve ser fechada?
— Não.
— E aí?
— O problema é a desigualdade.
— Em que sentido?
— Se o senhor tem muitos privilégios naturais e sociais, enquanto eu não tenho nenhum, como a escola faz para educar da melhor forma tanto o senhor quanto a mim se nos trata como se fôssemos iguais?

No início eu pigarreava, ficava um bom tempo calado, me enrolava. Era um grande constrangimento: com exceção das aulas, eu raramente falara em público. Claro, às vezes me via forçado a tomar a palavra no conselho dos docentes ou em assembleias de estudantes, que na época travavam discussões furiosas, e, devo dizer, nunca me saíra muito bem. Mas aos poucos descobri que, se o tema fosse meu livro, passado o desconforto inicial, eu me sentia como se estivesse na sala de aula falando, digamos, de Quintiliano ou de Cícero. De fato, o desejo de obter e de conservar a atenção do público era tal que eu me tornava não só convincente, mas até envolvente. Com a exposição oral eu sabia melhorar a própria qualidade de meu texto escrito e, quando aparecia algum detrator, como o tal sujeito de Roma, ou quando se apresentavam as eternas sentinelas da linha justa em matéria de política pedagógica — clones em cada sílaba ou nuance daquela colega que tempos atrás me telefonara em tom de ameaça —, eu conseguia rebater com uma ironia cordial, que agradava.

Sempre respeitando meus horários didáticos, viajei cada vez mais, de início especialmente para cidadezinhas do Abruzzo, graças às amizades dos pais e parentes de Nadia, todos professores e docentes por gerações. Foi um período de adaptação, eu não sabia bem o que diria e improvisava frases como me vinham à cabeça. Às vezes alguém se irritava:

— Então você é contra os primeiros da classe, os melhores, os poucos que estudam a sério?

— Não.

— Foi o que afirmou agora mesmo.

— Só estava tentando dizer que quanto mais os alunos repetem nossas aulas palavra por palavra, mais tendemos a considerá-los bons.

— E não são?

— Certamente são. Mas há o risco de sermos ofuscados por aqueles que se assemelham a nós, de não conseguirmos reconhecer inteligências diferentes das nossas.

— Não entendo.

— Meu amigo, se eu reconheço em você minha mediania de pequeno burguês aculturado e o premio com ótimas notas, há o perigo de que eu não leve em consideração ou até puna todos os que não sejam coerentes com minha inteligência medíocre.

Frequentemente se girava em torno do assunto com algum nervosismo. Mas com o tempo me dei conta de que certas fórmulas causavam boa impressão e aprendi a preservá-las na memória — esta eu devo reutilizar —, a aperfeiçoá-las, a repeti-las tão logo se apresentasse a ocasião. Por exemplo, quando dizia que meu único imperativo, desde o primeiro dia de aula, tinha sido: tente trabalhar de modo a não fazer aos seus alunos o mal que seus professores fizeram a você, grande parte dos presentes se entusiasmava de modo evidente. Assim, em toda oportunidade eu ficava atento a direcionar a discussão para ali onde frases desse tipo pudessem desencadear seus melhores efeitos.

— Quando o senhor começou a lecionar, em que princípios baseava seu trabalho?

— Em nenhum, acho.

— Tomava como modelo algum de seus professores?

— Meus professores? Não, absolutamente não. Aliás, meu único imperativo era: não faça aos seus alunos o mal que seus professores fizeram a você.

Pronunciava esse tipo de frase com um prazer irônico, e rapidamente o repertório se enriqueceu. Nós, professores, nos tornamos prisioneiros da escola aos seis anos e nunca mais fomos libertados. Não permitam que o poder os instrua, aprendam vocês mesmos a instruí-lo. Uma boa instrução cria comunidade, não compadrio. Não se trata de instruir bem os poucos afortunados, mas de instruir muito bem os tantos desafortunados. Aprende-se mais do estranho que da própria corriola. E por aí vai, frasezinhas assim. Pareciam flores que eu deixava desabrochar de repente no jardim cinzento dos debates sobre educação de massa. Pareciam ouro que eu trabalhara atentamente para que reluzisse na escuridão do falatório didático. Os convidados duplicaram, triplicaram, e comecei a viajar não só pelo Abruzzo e pela periferia romana, mas por toda a Itália. Em geral, os encontros eram organizados por grupos de militantes pobres generosamente engajados na vida político-sindical. Portanto, tudo era econômico, eu engolia sanduíches e dormia na casa de quem tivesse organizado o debate. Tarde da noite, entrava em apartamentos desconhecidos e saía de manhã cedo para subir num ônibus, num trem, num carro, e voltar para casa ou ir diretamente à escola.

A coisa entristeceu Nadia e deixou Emma nervosíssima. Ou eu estava na escola ou estava viajando, e minha mulher — logo notei — não sentia minha ausência como uma necessidade de promover o livro, mas como um subterfúgio esperto para evitar as responsabilidades de família. De insatisfação em insatisfação, as coisas complicaram de vez quando ela foi pela enésima vez a Nápoles e voltou muito tarde, se deitou sem falar comigo e ficou imóvel durante a noite toda. Por dias não houve jeito de tirar dela o que havia ocorrido. Quando decidiu me falar, disse palidíssima:

— A universidade acabou para mim.

— Você sempre diz isso, mas não é assim.

— Desta vez é verdade.

— Por quê?

— Coisas minhas.

— Coisas suas são também coisas minhas.

— Não, cada um cuida das suas: são setores inevitavelmente bem separados, por favor, não me faça mais perguntas.

II.

É tão difícil ter relações de casal realmente límpidas. Eu amava Nadia, queria poder ajudá-la, mas não a amava a ponto de obrigá-la à força que me contasse o que havia ocorrido na universidade, o que a afastara para sempre das superfícies algébricas. Minhas perguntas desde o início foram tíbias, porque pressentia que, se ela desse vazão à fúria, à humilhação, ao desgosto e sabe-se lá mais a que enfiara com elogiável autocontrole em algum canto da cabeça, não seria conversa de poucos minutos. O dia entraria pela noite e pelo dia seguinte, discussões, brigas, enxaquecas, choros e sondagens profundas, a infância, a adolescência, as fragilidades da vida adulta, os conselhos para reunir forças, enfim, uma enorme onda que me arrastaria junto.

Eu não conseguiria mais respeitar os mil compromissos que assumira, o ensino, os debates, as viagens, as reflexões, o estudo, as horas obrigatórias com Emma, os passeios com o carrinho e até sem ele, já que agora nossa filha caminhava sozinha, corria, formulava frases, não balbuciava mais.

Bem, lançar luz à vida de casal talvez seja um dever, mas também é um luxo arriscado de se permitir. A operação podia causar muitos dissabores tanto a Nadia quanto a mim, e eu estava numa fase em que achava a vida agradável como nunca, especialmente quando subia num trem e ia parar numa cidade desconhecida, a falar com gente que nunca mais veria. Além disso, a assessoria de imprensa da editora começara a se empenhar a fundo, passara a uma gestão cuidadosa dos convites, mirava iniciativas de maior visibilidade. Às vezes Itrò me acompanhava, e falávamos lado a lado a um público de respeito, tanto que a autoridade dele se transmitia automaticamente a mim e ao livro, e a noite terminava com um jantar em companhia de grisalhos notáveis. Em outras vezes quem me acompanhava era Tilde, e aí eu tinha de me esforçar ao máximo, ela se expressava com frases essenciais, agitando as mãos cheias de anéis — a fina aliança de ouro e mais duas joias com pedras preciosas —, em cinco minutos terminava sua fala e me passava a palavra. Nessas ocasiões eu ficava abismado com a bagagem que ela levava: roupas elegantíssimas para a viagem, roupas elegantíssimas para o debate sobre o livro, roupas elegantíssimas para quando íamos jantar com os organizadores do debate. Os jantares eram tediosos como aqueles com os amigos notáveis de Itrò, mas Tilde pedia bons vinhos, tínhamos a regra de pedir pratos diferentes para mais tarde poder trocá-los, falávamos muito entre nós ignorando nossos anfitriões e continuávamos mesmo depois que eles iam embora. É inútil resumir aqui o que conversávamos até tarde da noite, eram discussões sérias, mas também papos descontraídos. O que conta é que ríamos muito por qualquer motivo, eu lhe passava uma garfada de *calamarata*,* ela me deixava experimentar a minestra estendendo-me a colher como se eu fosse um convalescente.

Ora, desde os dezessete anos eu sabia que aqueles intercâmbios de bate-papos, comidas e salivas sondavam o caminho para outras trocas, mas naquela circunstância específica não havia dúvida: nossa relação era fraterna e, caso houvesse alguma pitada adúltera, nunca iria além de um exercício culto e metafórico.

Até que certa manhã, num hotel de Florença, antes de pegar o carro de volta para Roma, terminando um café da manhã já por si abundante, me vi diante de uma enorme fatia de torta de chocolate amanteigadíssima, que eu tinha pilhado do bufê.

— Vamos dividir? — perguntei a Tilde.
— Impossível, estou quase explodindo.
— Eu também, mas dá dó, vou provar só uma pontinha.

O garfo estava sujo de um queijo ótimo, a colherinha tinha resíduos de geleia de figos. Instintivamente afundei o polegar, o indicador e o médio na fatia de torta, destaquei um pedaço grandinho e o levei à boca. Sobrou um resto entre meus dedos. Muito bom, falei, e estava para comer a sobra quando Tilde, rindo, agarrou meu pulso e disse: mudei de ideia, me deixe experimentar. Alonguei o braço, ela se inclinou para a frente e acolheu na boca não só o pedaço de torta, mas também meus dedos, que apertou entre os lábios numa fração de segundo, passando a língua. Então exclamou: sujei você de batom, e eu olhei os dedos, disse que não.

No passado, antes de conhecer Nadia e me casar com ela, um episódio como aquele, logo de manhã, teria acendido minha fantasia, fazendo-me querer levar Tilde imediatamente ao quarto, para a cama de onde acabara de sair. Agora, ao contrário,

---

* Prato de massa cortada em anéis grossos com formato de lula, típico de Nápoles.

notei que ela estava com os olhos vermelhos de sono, uma tez amarelada, o nariz brilhando de suor, e me ocorreu que poderia estar simplesmente se esforçando — às dez para as oito, antes de entrarmos no carro em direção a Roma — para ser uma boa companhia. Como sempre, na noite anterior tínhamos dormido tarde, e ela me contou que estava ansiosa com as filhas abandonadas a si mesmas, que ela e o marido trabalhavam demais e se viam pouco, que era uma pena o desperdício de energia, porque quando se chega perto dos quarenta a vida estala, salta, se torna ávida e quer abraçar tudo o que houver para abraçar. Mas ela — principalmente ela, o marido menos — estava cansada demais para corresponder àquela voracidade, cansada de cabeça, e às vezes — seus olhos de repente brilharam — tinha vontade de dormir por um ano inteiro. Imagine então se vai ter vontade de sexo, pensei, só faltava eu dar um passo em falso e estragar a opinião que ela tem de mim. Assim, voltamos cada um para seu quarto, dez minutos depois nos reencontramos no saguão com as bagagens e partimos. Enquanto ela guiava para Roma, insistiu umas duas vezes sobre minha candura. Quero ser sua amiga, disse, você é um subversivo cândido, uma inteligência limpa. Ah, como gostei de ouvir aquelas opiniões, sempre quis que se falasse de mim daquela maneira. Voltei para casa zonzo da viagem, mas alegre.

— Talvez — disse Nadia, não me lembro se naquela mesma noite ou na seguinte — você devesse dar mais atenção a Emma.

— Claro.

— Então chega de tanto viajar para cá e para lá.

— Sou muito solicitado, o livro está indo bem.

— Mas não é obrigado a dizer sempre sim. Você é um pedagogo? Um sociólogo que fez uma pesquisa minuciosa? Escreveu uma história da escola italiana? Não. É autor de um único ensaio breve que você mesmo, lembro bem, definiu desde as primeiras paginazinhas publicadas numa revista como uma bobagem, e até me aconselhou a não perder tempo com ele. Então por que se dedica tanto a essa cretinice e quase nada à nossa filha?

Neste ponto devo interromper o relato por um instante para sublinhar que no momento me abandonei voluptuosamente à verdade de um lugar-comum. Pensei: a gente se apaixona por pessoas que parecem verdadeiras, mas não existem, são uma invenção nossa; essa mulher firme, de frases escandidas, essa mulher sem timidez, cortante, não é a que conheço, não é Nadia. Uma coisa é a pessoa amada, outra é a pessoa real que, enquanto a amamos, nunca vemos realmente. Quanto tempo, disse a mim mesmo, desperdiçamos nas relações amorosas. Nesses anos inventei com felicidade uma pessoa. Entrei com grande gozo no corpo de uma aquarela que fiz com cores suaves, e tenho no outro quarto uma filha real de um ano, que foi parida de uma ficção minha. Ao pensar desse modo me senti tragicamente solene, em sintonia com minha ideia de homem que observa a vida com lucidez. Como eram odiosas as palavras de Nadia. Senti a maré de sangue subir, tudo dentro de mim começou a trepidar como num terremoto. As palavras vibravam em minha cabeça, primeiro sussurradas, depois gritadas, embaladas numa velocidade que as arrastou, as reduziu a sílabas, por fim a um grunhido selvagem: Nadia, eu sou um homem culto, leio, estudo, não preciso de nenhum título universitário para expressar ideias que — escute bem — somente eu posso chamar de tolices com modéstia deliberada, você não, você precisa estudá-las assim como fez — obtusamente, inutilmente — com suas superfícies algébricas, aliás, deve estudá-las mais ainda, estudar melhor, acima de tudo deve se referir a elas com respeito, sem nunca ousar me dizer quando e como devo empregar meu tempo, quando e como devo estar com minha filha, quando e como lhe devo dar as papinhas, a chupeta, a maçã ralada com banana, porque ninguém manda em mim, muito menos uma pessoa que fala com a filha fazendo vozinha de cretina: Emma é uma menina normal, é inútil e nocivo que, em vez de dizer Emma, quer beber água, você lhe diga miando o que a coisinha fofa da mamãe está querendo, quer bubu?, porque, vou lhe dizer de uma vez por todas, se você continuar assim, eu te expulso de minha vida assim como te mandaram embora da faculdade de matemática, entendeu?

Porém, enquanto eu berrava aquele monólogo na cabeça, algo evidentemente deve ter berrado também para fora, estilhaços, fragmentos, sabe-se lá o quê — torci pelo mínimo possível —, porque Nadia como sempre desandou a chorar, murmurando: solte meu braço, está me machucando. E eu me assustei, não suportava que os outros sofressem por minha culpa, soltei imediatamente seu braço, pedi desculpas, enxuguei-lhe as lágrimas com beijos, a chamei de Nigritella Rubra, precisei recorrer a todas as piadas de meu repertório. Ela se esquivou, me rejeitou e então se abandonou aos meus abraços, soluçando. Estava exausta, deprimida. Antes de dormir, murmurou:

— Retomou o contato com sua ex?

Contato? Ex?

— Durma — sussurrei.

Cedeu ao sono, teve um sobressalto e me virou as costas, resmungando:

— Coloquei a carta em sua escrivaninha.

Então Teresa tinha respondido. Esperei que Nadia dormisse, me levantei tentando evitar que a cama rangesse e fui para o escritório. Finalmente se dignara a se fazer viva. Mas na folha só encontrei poucas letras do alfabeto seguidas de um ponto de interrogação: está com medo, né?

12.

Eu sempre tivera uma tendência à perfeição, e esse provavelmente era o motivo pelo qual nunca gostei de mim. Queria ser incontestável, mas, como em toda oportunidade sempre havia alguém que notava bons motivos para contestar, cresci insatisfeito comigo e temendo qualquer nota de repreensão. Por outro lado, tinha um temperamento vivaz, às vezes até alegre e curioso diante do mundo, de modo que nunca fui melancolicamente inativo, e o fato de não me agradar a mim mesmo não me impedira de tentar agradar aos outros. Assim me habituara a um precário equilíbrio entre o que eu gostaria de ter sido — ou seja, incontestável — e a resignar-me à inadequação, às necessárias objeções e às críticas, que em geral enfrentava com meios sorrisos, autoironia e a leveza divertida de quem diz: errei, mas que exagero, não vamos fazer uma tragédia.

Na verdade, pura fachada, porque eu nunca levava nada com leveza, nem as coisas que eram leves de fato. Em certas ocasiões — raríssimas, ainda bem — aconteceu de algo se quebrar dentro de mim. Seis anos antes, por exemplo, depois de escrutínios extremamente cansativos de fim de ano, um colega percebera que eu tinha errado ao recopiar não sei mais o que e me agredira publicamente, gritando que por causa de minha negligência seria preciso recomeçar tudo de novo. É verdade, a culpa era minha, mas não consegui redimensionar as coisas com os jogos verbais de sempre. Comecei a berrar, também fora de mim: sim, eu errei, e vou errar de novo, porque não sei me concentrar, porque estou me lixando para isso que estamos fazendo, porque sou desatento, porque não consigo, porque todos vocês me encheram os colhões e eu queria vê-los queimar um por um no meio de sua papelada inútil. Porém, enquanto eu gritava, minha voz, com imensa vergonha, começou a afinar, tornou-se um falsete que me humilhava, senti que meus olhos se enchiam de lágrimas. Todos os presentes, inclusive meu colega agressivo, baixaram imediatamente o tom. Não tem importância — uns começaram a falar, sobretudo as colegas mais maternais —, tudo se ajeita, se estiver cansado a gente continua, pode ir, vá fumar um cigarro. Eu de fato os deixei ali e fui fumar no pátio. Estava furioso com eles pelo modo como sabiam ser adequados aos papéis, e comigo, pelo modo como me revelei inadequado. Portanto não, não, eu não tolerava o erro, não tolerava as consequências do erro, não tolerava ter de me justificar, não tolerava nada que me pusesse diante do fato de que eu não era capaz de ser perfeito, de que jamais o seria.

Na época em que Teresa e eu nos deixamos, eu já sabia com extrema clareza que não organizara minha vida baseada em grandes ambições simplesmente porque, se eu era imperfeito até nas pequenas coisas de uma vida pequena, imagine o que teria sido nas grandes coisas de uma vida grande. Meu pai era um operário eletricista, ao longo de uma vida muito penosa ele se esforçara, coitado, para fazer de mim a pessoa extraordinária que daria uma lição exemplar a todos os que o comandavam e humilhavam. Quando teve uma doença incurável, costumava dizer: você deve me fazer ressurgir, Pietrí, porque eu preciso estar presente, com os olhos bem abertos, exatamente no momento em que você vai meter no cu de todos os que se acharam melhores que eu. Mas as grandes expectativas daquele homem envenenado rapidamente me induziram, por incredulidade, a me sujar de propósito com pequenas baixezas. E temo que ele tenha notado minhas sujeiras a tempo, até porque eu desejava que ele as notasse. Uma vez, quando eu tinha pouco menos de dezessete anos, me vangloriei de propósito, em sua presença, de ter ido para a cama com a mulher de um primo dele. Fiz isso porque meu pai era uma pessoa que abominava o adultério acima de todas as coisas, detestava a infidelidade tanto das seduzidas quanto dos sedutores, e eu queria que se indignasse e me tirasse das costas o peso de sua hipervalorização. De fato, ele disse com olhos cerrados de desprezo: será possível que eu fiz *'nu figlio chiú strunz 'e tutt'e strunz*?*

---

* Em dialeto napolitano, "um filho mais escroto que todos os escrotos".

E eu pensei, prestes a chorar (mas não chorei, nunca choro): é possível, papai, possibilíssimo. Mas agora as coisas estavam seguindo um rumo que ele, quem sabe, talvez apreciasse. Todo movimento era bem-sucedido, eu me livrava da carga de sempre, talvez soubesse que era mesmo irrepreensível. Portanto me parecia insuportável que tudo engasgasse justo agora que eu estava embocando a via certa. Nadia, a pessoa que provavelmente reorganizara todo o meu corpo me amando, queria me puxar para baixo? Teresa, a pessoa que me inspirara a necessidade de reorganização me fazendo sofrer, me ameaçava de Boston escrevendo: está com medo, né? Com qual das duas eu devia me preocupar mais?

Senti de pronto que eu podia fazer frente à minha mulher; a Teresa, não. Enquanto dormia com o rosto ainda vermelho de choro, Nadia ia aos poucos voltando à ordem da ficção amorosa, era de novo a jovem mulher adorada que, claro, podia ter seus momentos de baixa pelas desilusões acadêmicas, pelos esforços e pelas ansiedades de mãe, mas continuava sendo para mim o corpo feminino macio, liso e domesticado pelo amor. Já Teresa não me amava havia tempos, Teresa se retraíra com um gesto animal de repulsa, como aliás eu mesmo me retraíra diante dela; Teresa, ainda que por puro gosto do jogo intelectual, podia me fazer mal. Era ela que eu devia manter tranquila.

Mas uma tarde — em meu quartinho, enquanto revirava entre as mãos a folha quase toda branca que ela me enviara de uma terra onde eu nunca estivera e aonde talvez nunca fosse —, senti que alguma coisa não funcionava naquele esquema. Pensei na atenção que eu devia a Nadia, na cautela com que me expressava em sua presença para não a irritar e não ter de lidar com a mulher real que ela era. E pela primeira vez depois de quatro anos — mas, se bem me lembro, também a última — me veio a dúvida de ter errado. Não devia ter deixado que a relação com Teresa se interrompesse justo quando já tínhamos revelado um ao outro não só quem realmente éramos, fora de qualquer encenação, mas também mostrado reciprocamente quem, se nos fosse dada a oportunidade, poderíamos ser. Com Nadia, pensei, quem sabe quanto tempo vou ser forçado a perder tentando me esconder e escondê-la de mim e manter de pé, desse jeito, nossa relação e a família que criamos; com Teresa não há tempo a perder, já sabemos muito mais sobre nós do que em geral é lícito saber. Então era melhor não tergiversar com ela e, ao contrário, ser direto.

Arregacei as mangas e respondi àquelas quatro palavras — está com medo, né? — com uma longa carta em que repercorria melancolicamente as etapas relevantes de nossa relação. Declarei que sempre gostaria dela como se gosta de uma pessoa por quem se tem uma enorme estima, e repeti várias vezes o seguinte conceito: mas que medo, Teresa, eu a conheço como nenhuma outra pessoa no mundo e confio em você tanto quanto você sabe que pode confiar em mim. Naturalmente enviei a carta sem esperar uma resposta. Queria apenas que ela se desse conta de como nossa relação, em sua raridade, era preciosa, tão direta, sem nenhuma preocupação com as aparências, visto que sabíamos muito bem de que matéria éramos feitos.

13.

O tempo passou, o interesse por meu livro arrefeceu lentamente, comecei a viajar menos pela Itália. Isso não me desagradou, voltei a me dedicar mais ao ensino, cuidei de Emma. Mas notei que era sobretudo minha mulher quem mais sentia falta da plateia, parecia admirada que eu tivesse me resignado a retomar a vida de sempre, sem lamentações. Estava nervosa, sentia que me espreitava, comportava-se como se estivesse decidida a entender antes de mim as intenções que, para o momento, nem mesmo eu sabia que tinha.

— Você não tem nenhum compromisso nesta semana?

— Não, não me convidam mais.
— Então sábado vamos levar Emma para ver meus pais.
— Certo.
— Está deprimido?
— Que nada.
— Teve pensamentos ruins?
— Acho que não.

Por um tempo fiquei com a impressão de que, concentrada no livro e em seu sucesso, ela não tivesse percebido quanto minha condição melhorara. Eu me tornara um personagem público, certamente de pequeno calibre, mas de todo modo com algum prestígio. Minha palavra — eu mesmo custava a acreditar — tinha dobrado ou talvez triplicado de peso, tanto é que às vezes algum jornalista telefonava para pedir minha opinião sobre questões de escola. Eu ouvia Tilde, mulher cultíssima e refinada — outro ambiente, outro mundo —, quase todos os dias, e trocávamos ideias, formulávamos hipóteses sobre um possível novo livro meu. A cada duas semanas, Itrò gentilmente me lembrava de que agora eu tinha um pequeno público de boa cultura, seria uma pena deixar que se esquecessem de meu amor pela educação pública.

Em suma, eu estava bem, satisfeito comigo como nunca estivera, e não conseguia compreender o ar apreensivo e desconfiado de Nadia, ao contrário, aquilo me incomodava um pouco. Talvez — pensei em certa ocasião em que ela investiu contra Emma de um modo que me impressionou: atirou para longe o prato em que a menina pescava com a colher, melando-se toda, e saiu da cozinha batendo violentamente a porta —, talvez seja ela quem não está bem. E naquela circunstância me lembrei daquele seu doloroso retorno de Nápoles, dos choros que se seguiram, o entrincheiramento hostil entre a escola e a filha. Mas acima de tudo percebi que, a partir daquele momento, ela deixara de tirar um tempo para estudar, para ir a Nápoles.

A agitação em torno do livro me absorvera demais? Será possível que só agora eu me desse conta disso? Me senti como quando, na época de estudante, algum professor me flagrava distraído. Detestava as repreensões por distração, em geral as sentia como uma irrupção policialesca, tanto é que eu nunca implicava com meus alunos, não exigia que prestassem atenção a mim com gritos e murros na mesa: eu os reconduzia a mim, à minha aula, com cautela, em certos casos até com ternura, o distraído também é sempre atraído por alguma coisa. Quando começamos a ficar juntos, Teresa — que para ser sincero tinha sido a aluna mais distraída que já tive — me confessou num momento de abandono: comecei a amar você pela gentileza com que me trazia de volta às suas aulas chatíssimas. E eu lhe respondera, sério a ponto de ela depois me atormentar por dias, imitando sarcasticamente minha voz: sempre senti a chamada à ordem como um brutal empurrão nas costas, de modo que não submeto ninguém a empurrões. Isso para dizer que notar de repente como a história do livro tinha perturbado Nadia me pareceu um tranco deselegante. E, quase para me justificar por minha desatenção, pensei: certo, sou culpado, mas Nadia traçou uma linha de demarcação entre mim e ela, guardou para si o que lhe acontecera na universidade; e não se pode dizer que eu não tenha insistido, se tivesse me contado tudo tintim por tintim, a coisa seria diferente. Mas então, para remediar, num domingo depois do almoço, enquanto estávamos ao sol na varanda, tornei pacientemente a perguntar a ela por que tinha parado de estudar, por que não ia mais visitar seu professor.

— Finalmente você se deu conta.

— Finalmente? Me dei conta de cara, mas nunca insisti nisso por discrição, você me disse que era assunto seu.

— De fato, é assunto meu.

— Tão seu que não pode se abrir comigo?

Passamos a noite girando em torno daquela distinção entre assunto meu e assunto seu, até que consegui convencê-la de que não havia coisas minhas que não fossem também dela, e era injusto, talvez prejudicial, que para ela não fosse assim. Entrou em desespero, fez um esforço para se recompor, por fim abriu o jogo. Na penúltima vez que foi ver seu professor, depois da longa e tediosíssima espera de praxe no corredor, que mesmo tendo grandes janelas parecia não tê-las, ele, como sempre sentado atrás de uma pesada escrivaninha, a recebera com uma cordialidade incomum. No passado, Nadia me falara mil vezes daquele senhor, e com entusiasmo. Ela o considerava ranzinza, é verdade, às vezes cruelmente sarcástico com alunas e alunos, mas no fim das contas belíssimo, inteligentíssimo e, em algumas ocasiões, capaz até de elogios (que brincos, que cabelo), tanto que eu ironizava: claro, um belíssimo velho que a corteja, e ela rebatia rindo: melhor belíssimo e velho que jovem sem graça e indelicado, e eu então o descrevia a ela fazendo uma caricatura — eu o entrevi uma vez quando fui com ela à faculdade: grande, com um ventre transbordante, uma densíssima cabeleira branca sobre uma testa ossuda, olhos demasiado celestes que pareciam buracos claros dentro de uma cara inchada, o nariz largo, a fissura da boca estreita entre bochechas pesadas — e zombava dela por sua admiração excessiva, como você pode gostar de um velhote se — mulher de sorte — tem a mim? Seja como for, ela entrou tímida, assustada como sempre, o velho era de caráter instável, o bom humor durava pouco. Mas a ótima acolhida logo a fizera corar, e ele exclamou: vejamos o que esta menina me trouxe de bom, e Nadia finalmente se sentiu reconhecida, tirou da pasta as poucas paginazinhas que conseguira produzir apesar da escola, de Emma e de mim, pôs-se ao lado da escrivaninha, murmurou: não fiz grandes avanços. Mas logo se arrependeu daquele tom minimizador e precipitadamente antecipou a ele não sei qual resultado de certo relevo, passou-lhe alguns papéis, ele se mostrou interessado. Venha, lhe disse tratando-a pela primeira vez com intimidade, vamos ler juntos, e fez um gesto com a mão, olhando para ela como quem convida, batendo a ponta dos dedos numa perna. De início Nadia não havia entendido que o velho a estava convidando para se acomodar em seu colo, confusa se aproximou mais um pouco para poder ler com ele seus próprios papéis, e o professor lhe passou um braço em torno da cintura, agora um pouco pendente, ela de pé, ele sentado, com o tronco se apoiando nela como se tivesse perdido o equilíbrio ou precisasse se sustentar. De modo que Nadia caiu na risada, uma risada nervosa, se esquivou sempre rindo, e o velho, rindo por sua vez, lhe disse aonde está indo, venha para perto de mim, não se preocupe, e ela balbuciou sempre rindo: não, professor, me desculpe, preciso mesmo ir embora, e escapou pela porta deixando-o atrás da escrivaninha com os papéis nas mãos.

Minha mulher se calou por uns segundos, pensei que o relato tivesse terminado ali e pronunciei alguma frase indignada. Mas, como logo descobri, aquela abordagem bisonha de um homem idoso tinha sido, sim, uma decepção para Nadia — não conseguia acreditar como um acadêmico ilustre, um famoso matemático, podia ceder ao ridículo daquela maneira, em seu próprio gabinete, valendo-se de seu papel de prestígio —, mas ela passara por cima daquilo e, depois de algumas semanas, decidira voltar à faculdade; a coisa mais importante não era a fraqueza do homem velho, mas o parecer do poderoso matemático sobre aquelas paginazinhas carregadas de cálculos que ficaram com ele. O momento realmente terrível para ela tinha sido aquele. Depois da longa espera de sempre, por fim a porta se abriu e apareceu um sujeito que ela conhecia, um assistente da idade dela, que a viu ainda ali, lhe sorriu, tornou a entrar e nesse instante, precisamente nesse instante, ela ouviu com nitidez o professor gritar com um forte sotaque napolitano: meu Deus, essa cretina ainda está aí, não desiste nunca, por favor, cuide disso para mim.

— Foi isso que me fez decidir — murmurou Nadia. Se naquelas folhas de fato houvesse algo relevante, ele teria perdoado a si mesmo a estupidez que cometera e, como não é alguém que diante de um lampejo de gênio vira a cara para o outro lado, teria me recebido, elogiado, encorajado. Não foi o que fez: em vez disso, se pôs a vociferar daquele jeito. E então vi com clareza que eu me enganara, que me servira de suas atenções e de seus cumprimentos — que bom perfume, que belo vestido, que lindos brincos — para crer que ele me estimava, que eu era boa de verdade, quando na realidade não tenho nenhum talento senão aquele pouco de diligência que me serviu para tirar um diploma com nota máxima.

Naquela e nas noites seguintes, fiz tudo para lhe demonstrar que, ao contrário, ela é que perdera tempo inutilmente atrás de um velho imundo. Esse senhor — disse a ela — deve ter uma dignidade científica bem mesquinha, já que envelheceu entre quatro paredes reduzindo-se a babar em mulheres bonitas e inteligentes. Mas não tinha jeito, ela se deprimia ainda mais: seu professor era um matemático famoso no mundo inteiro, era melhor eu não me pronunciar sobre coisas que não conhecia. Uma vez disse a ela:

— Você vai ver que logo vamos ler nos jornais que ele foi preso, ou que algum marido ofendido, como eu me sinto neste momento, arrebentou a cabeça dele com um machado.

— Não ouse.

— Arrebentar a cabeça dele com um machado?

— Falar dele nesse tom: se acabasse envolvido em escândalos, eu seria a primeira a defendê-lo.

— Como é que é?

— Isso mesmo.

14.

Me senti turvo, não no sentido de que fiquei sombrio, mas como se meu olhar iluminasse Nadia e me deixasse nas trevas. Houve um longo intervalo em que, enquanto minha mulher fustigava a si mesma sentindo pena do velho matemático de eros desequilibrado, eu exclamava que aquele homem devia ter esposa, filhos, netos, admiradores, razão pela qual era preciso fazer que todos, absolutamente todos, soubessem como ele se comportara de modo abjeto com uma das mais promissoras matemáticas da Itália; e aí, exatamente naquele instante, verificou-se uma espécie de espelhamento meu naquele docente ancião, que imaginei apavorado com a ideia de que Nadia espalhasse a imundície que ele fizera. Assim, enquanto sinceramente eu queria que sobretudo os netos soubessem que avô lamentável eles tinham, com a mesma sinceridade reconheci em mim o medo da humilhação, a vergonha, e me dizia: cale-se, o que você está dizendo, o tal sujeito não fez nada em comparação ao que você confidenciou a Teresa, imagine se ela voltasse agora dos Estados Unidos e contasse a Nadia, a Tilde, a Itrò, aos seus leitores, com estas palavras: entenderam que tipo de homem é Pietro Vella, vamos, peguem um machado e arrebentem a cabeça dele. A sombra provinha daí e, já enquanto eu falava com os olhos fixos em Nadia, iluminada como por um sofrimento generoso, refugiava-me rapidamente em minha escuridão, atenuando os tons e balbuciando: sair em defesa de um velho porco que está arruinando sua carreira me parece realmente excessivo; mas talvez eu esteja sendo duro demais com ele, pegar um machado, arrebentar a cabeça, que exagero.

A partir daquele momento, aos poucos, a feia experiência de minha mulher foi tomando o rumo da brincadeira. Se para abrir uma resistente lata de feijões eu invocava o machado que desejava usar na cabeça do escrotalhão — comecei a chamar assim o velho matemático —, caíamos na risada; e de início eu ria às gargalhadas e ela, pouco; depois ela passou a rir muito e eu, quase nada. Com o tempo me convenci de que o pior finalmente tinha passado, e num domingo à tarde nos enfiamos na cama — Emma estava com os avós — e ela se estreitou a mim, sussurrando-me no ouvido: goze dentro de mim, estou entrando em meu período. Eu sabia a que período ela se referia e lhe obedeci com alegria. No mês seguinte ela estava grávida, levou adiante uma gestação entusiástica, nasceu Sergio.

Mas Nadia não se contentou. Durante aquela segunda gravidez, meteu-se a estudar inglês e espanhol, esforçando-se para ler romances na língua original; não queria nem mais ouvir falar de superfícies algébricas. Como agora se dirigia a mim misturando fragmentos de língua estrangeira ao italiano, começou uma cantilena sobre como era lindo estar *incinta, pregnant, embarazada*. Certa noite murmurou em meu ouvido, entre risadinhas nervosas: deixe a camisinha para lá, me engravide de novo, me emprenhe. Fiquei desconcertado, perguntei: você está brincando ou falando sério? Não era uma brincadeira: justo quando até as mulheres de Valle Peligna tentavam detonar a velha vida de constrições, Nadia decidira ser subjugada por cálculos matemáticos, por mim e por uma penca de filhos. Resolvi satisfazê-la, e o fiz sobretudo porque parecia que a gravidez a deixava cheia de uma vitalidade contagiosa. Mas aquela terceira experiência foi tão difícil, o parto foi tão complicado, a vida com as três crianças pequenas tão dura — o último, Ernesto, nasceu enorme e logo se tornou macilento, choroso — que ela não abriu mais um livro, parou de estudar línguas e agora me perguntava continuamente: tomou cuidado, tem certeza de que a camisinha não estourou?

15.

Naqueles anos publiquei vários artigos em periódicos, revistas escolares e também — porém mais raramente — em grandes jornais do país, e todos foram muito bem recebidos. Como eu estava cada vez mais espantado com meu sucesso, comecei a perguntar por que continuava me espantando, visto que Tilde, Itrò, Nadia e um público agora bem razoável não se espantavam nem um pouco. Respondi a mim mesmo que isso se devia ao fato de que, até perto dos trinta anos, nunca me acontecera nada capaz de provar, sobretudo a mim, quanto eu era superior à média de meus contemporâneos. Na escola, desde o primeiro ano do fundamental, eu demonstrara capacidades normalíssimas. Na universidade, nenhum professor jamais me notara, e me formei com uma nota medíocre. Tinha me licenciado para o ensino de um bom número de matérias, e passei num concurso chatíssimo para o magistério sem obter um resultado acima da média. Sim, havia anos era considerado um ótimo professor, mas, principalmente por saber que sabia pouco, estudava diligentemente todos os dias, corrigia as tarefas com pontualidade e me apresentava na sala de bom humor, sempre preparado. Em resumo, nunca ocorrera nada em minha vida que me autorizasse a atenuar a congênita insatisfação por mim. De resto, mesmo agora que as coisas iam melhor, mesmo contente com o bom êxito de meus artigos, se me comparava a Tilde, a Itrò, a Nadia, sem falar de Teresa, dizia a mim mesmo: o que é que eu sou comparado a eles? Um cérebro pobre, com salpicadas superficiais de instrução, um neoaculturado sem tradições sólidas, excessivo nos modos, nas proposições, nos tons de voz, carente daquela elegância que não se possui por natureza, mas que se transmite de geração culta em geração culta. Tilde, sim, é extraordinária, tão bem-educada, fala quatro línguas, viajou o mundo: uma fileira de antepassados cultíssimos contribuiu para fazê-la tal como é.

E Itrò, que homem extraordinário, quando ele fala sobre escola sabe realmente o que está dizendo. E Nadia, filha de diretor de escola e de professora, nota máxima com louvor em matemática, uma mulher inteligentíssima, mereceria de verdade a carreira universitária que sempre desejou. E Teresa, essa sim é uma grande cabeça, conheci-a quando tinha dezesseis anos, uma menina de família paupérrima que brilhou desde a infância, sentava-se no fundo da sala, ao lado da janela, e, tirando todos os defeitos, todas as intemperanças, sempre esteve cem mil vezes à frente dos outros alunos, aliás, de qualquer um que eu tenha conhecido, talvez até de Tilde, de Itrò, de Nadia, sem naturalmente falar de mim. Assim, enquanto eu ruminava esses pensamentos na cabeça e sentia cada vez mais a cisão entre a imagem pública que aos poucos fui adquirindo e como de fato eu me sentia — um professor de subúrbio, um pai de família extenuado, um marido distraído que, posto nas cordas, fingia não o ser, ou melhor, nunca ter sido —, comecei a escrever um novo livro em que sugeria a hipótese de que a escola nunca funcionara de fato como deveria funcionar; que sua maior hipocrisia era distribuir iguais porções de saber a desiguais fingindo que eram iguais; que falar em ensino de qualidade para todos significava na verdade virar do avesso não só a sala de aula, mas também a família, a sociedade, as hierarquias do saber, a religião, a propriedade dos meios de produção, tudo; que o fracasso agora evidente da instrução de massa causaria mais danos irreversíveis que uma guerra nuclear. Em conclusão, a escola deveria ser repensada de modo a fornecer a todos, absolutamente a todos, em especial aos professores, os instrumentos para sonhar a própria excepcionalidade e, no momento oportuno, despertar e realizá-la.

Escrevi entre aulas, gestações sucessivas de Nadia e longas reuniões com Tilde e Itrò, que se encarregaram de evitar que eu me dispersasse. Naquele longo lapso de tempo, em especial quando Nadia estava grávida de Sergio e numa fase de grande esplendor, tanto Tilde quanto o professor Itrò vieram frequentemente à nossa casa com seus cônjuges, ficaram íntimos de Emma, tornaram-se amigos de minha mulher. Às vezes os levávamos para passear pelas ruelas em torno de casa, ora para ver um jardim, ora para admirar uma árvore, ora para beber água de uma fonte mineral. Naturalmente ficavam entusiasmados, que ar puro, que perfumes, como comemos bem, que ótima torta. Mas depois Itrò sempre acabava dizendo: se você me disser que sim, arranjo logo um jeito de transferi-lo para um colégio no centro; e então se dirigia a Nadia com sua cortesia de cavalheiro: Nadia, eu entendo, é a casa de seus parentes, mas a senhora é uma mulher extraordinária, nem vamos falar de seu marido, vocês precisam encontrar um apartamento mais central.

Minha mulher balançava a cabeça, ficava agradecida pelos cumprimentos que ele com frequência dirigia à sua inteligência, mas se irritava um pouco quando ele sentenciava sobre o futuro de Emma: o que pretendem fazer com esta senhorita maravilhosa, ela precisa do melhor, não só do magnífico Abruzzo dos avós, sorte dela. Nadia não contestava, Itrò era Itrò, emanava superioridade; mas ficava pensativa por uns dias e de repente, dando por certo que eu conhecia seus pensamentos ainda que não os tivesse organizado numa forma verbal, emitia frases do tipo: se eu não tivesse nascido em Pratola Peligna, se tivesse crescido no centro de Roma, você acha que agora estaria dando aulas numa universidade? Eu rebatia: que nada, Itrò não queria dizer isso, Pratola Peligna é maravilhosa, Montesacro não é o fim do mundo, é só uma fixação dele, mora no centro desde que nasceu e nos quer por perto, escola e casa, porque gosta da gente, queria nos ver com mais frequência.

Mas certa vez, quando já estava grávida de Ernesto, passando mal, e eu quis evitar que se enroscasse de novo em torno de suas insuficiências reais ou presumidas, cometi um erro gravíssimo. Ela como sempre se lamuriava: talvez eu tenha errado tudo, talvez a gente deva realmente dar aos nossos filhos oportunidades melhores, e se sentia culpada pelo modo como estávamos criando Emma, Sergio. Falei: que bobagem, veja Teresa, se lembra dela?, nasceu e cresceu na periferia, os pais cuidavam de um barzinho sempre prestes a fechar, gente sem estudo, até me teve como seu professor de letras, coitada; no entanto, agora trabalha no MIT.

— Teresa, sua ex?

— Ex, ora, já passou tanto tempo, nem lembro mais como ela é.

Gritou:

— Vá com ela, vá para a América: você é tão competente, vai ver que ali também fará grande sucesso.

Depois tudo passou naturalmente, e ela pareceu esquecer minhas frases fora de lugar. Nesse meio-tempo Tilde me arranjou, pelo lançamento de meu novo livro, uma entrevista num semanário importante. Eu nunca tinha feito algo do gênero até então, no máximo umas poucas palavras por telefone que depois se transformavam em duas linhas num artigo que trazia o parecer de dez pessoas bem mais relevantes que eu. Mas naquela ocasião foi agendado um encontro na sede romana da editora, e um jornalista muito famoso na época (como a notoriedade se dissolve facilmente) foi me encontrar ali, me fez um monte de perguntas e me deixou falar por uma hora e meia. Depois trocou algumas palavras com Tilde e foi embora. Ela veio até mim radiante, me abraçou, me beijou a um centímetro da boca:

— Você o conquistou.

— Coisa nenhuma.

— Claro que sim: você não sabe o efeito que causa quando abre a boca.

— É puro exercício, dou aula todos os dias há muitos anos.

— Não, não, não. Eu preciso cuidar melhor de você, te ensinar o que você é. Seu problema é que você não sabe.

— Sei perfeitamente: sou resultado do péssimo trabalho da escola do pós-guerra — escola ainda fascista e há pouco falsamente republicana — sobre aquele número enorme de rapazinhos que mais tarde precisariam de um trabalho de qualidade.

— Pare com isso, a entrevista já terminou.

— Quando vai sair?

— Não sei. Espero que antes do lançamento do livro, em Milão.

Até Milão havia tempo, fui arrastado pelo fechamento do ano letivo e pelas correções, a entrevista sumiu de minha cabeça. Entretanto o livro apareceu nas livrarias, fui tomado de chofre pela angústia de talvez tê-lo escrito depressa demais, de que todos os meus apoiadores se dariam conta de que se enganaram comigo, de que algum nome relevante se indignaria tanto a ponto de escrever: onde foi parar a bela língua italiana de antigamente, o discurso pacato e contínuo, a argumentação culta, vejam nas mãos de quem foi parar nossa escola etc. etc.

Uma tarde voltei para casa muito cansado, Nadia estava com a barriga enorme, às vésperas do parto, gritava com Sergio como se ele fosse um adulto, quando era um menino alegre de dois anos. Falei:

— Vá descansar, deixe que eu cuido de tudo, estou te achando destruída.

— E você está se fodendo para o fato de eu estar destruída...

Ela nunca se exprimira assim, fiquei assustado, murmurei:

— Vá deitar um pouco, vá.

— Vá deitar você, já trabalhou, está merecendo. E aproveite para ler a *Panorama* em santa paz.

Me indicou a cozinha ao fundo do corredor, Emma estava à mesa, sentada de joelhos numa cadeira. Fui até ela, estava folheando uma revista, ou melhor, estava olhando nada menos que uma foto minha diagramada no centro da página. Contive a ansiedade, a impaciência.

— Como é que ficou? — perguntei a Nadia, que, da outra ponta do corredor, recomeçara a agredir Sergio jogando nele a raiva que queria despejar em mim. Escandiu sinistra:
— Maravilhosa.
— Mesmo?
— Estou mentindo? É longa, são duas páginas.

Seu tom era insuportável, pensei que estivesse protestando porque como sempre precisava cuidar da casa, da escola, dos dois filhos e do terceiro, que ainda ficaria mais um pouco na barriga. Respondi cordial:
— Vou ler depois; Sergio, venha com o papai.
— Quero que leia imediatamente.
— Nadia, sem agitações.
— Você acha que eu estou agitada? Emma, dê o jornal ao papai.

Emma estava orgulhosíssima de minha foto: primeiro me beijou muito, depois quis dar beijinhos na página. Por fim consegui pegar a revista, mas desde que ela se sentasse em meu colo enquanto eu lia. Belo título, falava — se recordo bem — de ressurreição. Meu livro — li no sumário — restituía vida ao debate sobre uma instituição que tantos diziam prezar, mas com a qual ninguém se importava. E na ampla abertura os elogios abundavam, havia até um par de breves citações, frases minhas tão eficazes que tive a impressão de nunca as ter escrito. Quanto à entrevista em si, o jornalista conseguira me atribuir respostas sempre interessantes, formulando-as de modo sempre elegante.

Fiquei emocionado, orgulhoso, nunca teria pensado que uma hora e meia de conversa desconexa pudesse produzir um texto de inteligência tão fina. Não ouvi mais Nadia discutindo com Sergio e só me lembrei dela quando senti sua presença na soleira da cozinha. Ergui o olhar e, naquele breve lapso de tempo, ela me pareceu doente. Tinha uma coloração esverdeada, os tornozelos inchados, o ventre enorme mal contido pelo vestido todo repuxado do lado onde se agarrara nosso filho em busca de afeto. Pensei: por que está tão insatisfeita, sou seu marido, o pai de seus filhos, deveria estar feliz com meu êxito; quanto mais as coisas forem bem para mim, mais melhora a vida dela, de Emma, de Sergio, do menino que está para chegar.

— E aí? — me pressionou com olhos inquietos.

— Sente-se aqui, venha, me diga como você está.

— Já leu?

— Sim, está boa.

— Está contente?

— Um pouco.

— E virou a página? Viu em que bela companhia você está?

Não entendi, murmurei: que página? Mas nesse meio-tempo Emma já tinha feito o que a mãe pedira e vi que, logo depois de minha entrevista, havia outra, com uma foto maior que a minha. Imediatamente reconheci Teresa, no exato momento em que Nadia dizia imperativa: Emma, venha com a mamãe, papai está ocupado, e o dizia com um tom de tanta raiva mal contida que a menina abandonou meu colo depressa e correu atrás dela e do irmão como se os três, ou melhor, os quatro, escapassem de um terremoto.

16.

Poucos dias depois Nadia teve Ernesto, nosso terceiro filho. O parto — como eu já disse — foi tão difícil quanto a gravidez. Cancelei todos os meus compromissos e acima de tudo me esforcei para esquecer que, ao final da entrevista, se dizia que Teresa falaria não sei bem sobre qual assunto em Roma, na universidade, dali a exatos nove dias, às dez da manhã. Ora, eu sabia perfeitamente que minha mulher achava que eu estaria morrendo de vontade de correr para encontrá-la, e por isso, antes que sua bolsa rompesse, fiz de tudo para tranquilizá-la; e depois do parto sua situação era tal que nem eu nem ela, creio, pensamos em nenhum momento naquela conferência. Apesar de uma parte de mim ter às vezes suspeitado de que toda aquela dor para trazer Ernesto ao mundo fosse uma encenação de seu corpo, a fim de me recordar quanto lhe era insuportável que eu fosse ouvir a fala inteligentíssima de Teresa.

Naturalmente era impossível explicar a ela que eu tinha medo de ver minha ex-aluna e amante, assim como também era impossível explicar que, justo porque naquele momento específico Teresa me assustava, eu sentia urgência em encontrá-la, falar com ela, me acalmar. Então passei em revista todas as mentiras plausíveis que eu podia inventar, mas não tive como escolher uma. O hospital liberou Nadia e o bebê no mesmo dia em que estava marcada a conferência na universidade, e eu precisei cuidar da esposa e do filho, levá-los para casa, assumir as responsabilidades do pai de família que — embora ajudado por uma sogra muito eficiente, que veio de Pratola justo para isso — deveria estar vigilante a todo momento, já que a consorte estava bastante debilitada e os primeiros dois filhos não viam com simpatia a chegada do terceiro, que não era nada bonito e mal conseguia sobreviver.

Para complicar ainda mais a situação, naqueles dias voltei a experimentar uma sensação de fastio por mim mesmo. Não gostei de me dedicar a Nadia e às três crianças enquanto me angustiava por estar perdendo a oportunidade de rever Teresa, fortalecer nossa relação e me sentir seguro. Foi um tormento, mas consegui. Justo nos dias em que ela estava certamente em Roma, quando tive a possibilidade de ir encontrá-la, impus a mim mesmo o dever de cuidar de Nadia com todo o afeto de que era capaz, tanto que minha mulher pareceu sossegar e, na semana seguinte, foi ela mesma quem insistiu para que eu não renunciasse ao lançamento de meu livro em Milão. Obviamente senti que ela estava se esforçando, que me queria em casa, e fiquei mal ao vê-la sofrer. Sofria no corpo, sofria pelos mil pensamentos de fracasso, de insucesso, de perdas, sofria pelos três filhos que, depois de tê-los desejado, depois de quase tê-los impingido a mim, agora sentia de repente como um peso, um peso no sentido literal de objetos pesados, armários, rochedos, arranha-céus inteiros. Falou várias vezes: para mim, é uma grande dor não poder acompanhá-lo. Exclamou se lamentando: vai saber que coisas elegantes Tilde deve ter comprado. Murmurou: como eu gostaria de ouvi-la falar de seu livro, sempre faz observações profundas. Chegou até a me mostrar o vestido e os sapatos que ela usaria para a ocasião. E mancando, desfeita, preparou minha mala. Parti com um sentimento de libertação.

17.

Encontrei Tilde à espera em seu carro esportivo, e ela guiou até Milão. Como ela gostava de dirigir, parecia não fazer nenhum esforço; paramos apenas duas ou três vezes para abastecer, comer alguma coisa e fazer xixi. De resto, conversamos o tempo todo, como agora sempre fazíamos naquelas ocasiões, no carro, num jantar, num hotel.

Discutíamos a respeito de tudo, e para qualquer assunto ela tinha fórmulas de grande acuidade, rápidas e elegantes, tão elegantes, desenfornadas com uma naturalidade tão generosa, que a certo ponto soavam demasiadas e pareciam obviedades. Havia tempos tínhamos começado a falar também de sexo, era um tema que lhe agradava muito, tratava dele com alegria. De tanto falar, agora não me ocultava mais nada, e às vezes continuávamos conversando mesmo depois do jantar, bebíamos chá, depois algum destilado e, só para continuarmos nos divertindo com as palavras, nos retirávamos aos nossos quartos quando já era quase dia.

E assim foi também naquela primeira noite em Milão. Chegamos por volta das dez, liguei para casa para saber se havia algum problema, me tranquilizei e corri direto com Tilde para o restaurante, a um passo do hotel. Não satisfeitos de já termos conversado ininterruptamente durante a viagem, continuamos falando, rindo, brincando. Antes de irmos para nossos quartos, constatei:

— Agora já sei mais das reações de seu corpo, de suas preferências sexuais e idiossincrasias do que se dormíssemos juntos há cinco anos.

Ela respondeu:

— É sempre possível aprender mais.

— Querendo, sim — admiti, dando-lhe boa-noite e seguindo exausto para a suíte. Depois de alguns minutos ela bateu na porta e perguntou, séria:

— Mas você quer?

— O quê?

— Aprender mais.

— Quero.

— Agora?

Estava para responder: tudo bem, mas me vieram à mente os meninos dormindo em suas caminhas, Nadia, que certamente não pregara o olho, e o minúsculo e feio Ernesto. Falei:

— Você está cansada, dirigiu de Roma até aqui, melhor amanhã.

— Sim, você tem razão, descanse.

Mas não preguei o olho. Até aquele momento nunca havia traído Nadia, não tinha nem me ocorrido que, se eu quisesse, poderia fazê-lo. Claro, naquele período de agradável expansão de minha pessoa eu me sentira em muitas ocasiões apreciado, admirado — no caso de Tilde houvera apenas uma maior continuidade —, e naturalmente pensei que, se aos poucos eu forçasse as regras do jogo, o gosto da frase sedutora teria levado com boa probabilidade ao coito, ao fantasioso trabalho dos corpos até o extremo. Todavia nunca sentira a necessidade de fazê-lo, gostava demais da ideia de mim que estava construindo e não queria estragá-la com equívocos embaraçosos, forçações inúteis, pequenos prazeres ocasionais que pertenciam à vida insatisfeita de antigamente, quando a cada oportunidade eu traía Teresa com garotas que nem sequer me atraíam, quando eu sabia que ela com certeza me traía com qualquer um que demonstrasse interesse por ela. Mas com Tilde as coisas tinham avançado muito, em todos os sentidos. Ela me parecia sobretudo uma mulher tão superior, que pouco a pouco uma parte de mim a sentia de todo coerente com minha vida em ato, uma espécie de realização fulgurante para a pessoa que eu estava me tornando, minha amiga, minha conselheira, minha educadora e aí, por que não, minha amante.

Levantei da cama bem cedo, como se tivesse feito amor com ela a noite toda, cansadíssimo e talvez até meio deprimido. Tomamos o café da manhã juntos, agradável como sempre, embora ela, apesar da hábil maquiagem, mostrasse marcas de cansaço no rosto e um olhar inquieto. Voltei ao quarto, liguei para Nadia — que me tranquilizou sobre seu estado de saúde, sobre o de Ernesto, sobre Emma e Sergio, sobre a presença vigilante da mãe — e por fim reapareci no hall; então fomos a uma escola onde trezentos estudantes e uma dezena de professores me esperavam no salão nobre.

A manhã foi agradável, falei do livro, orquestrei respostas para dezenas de belas perguntas. E desde aquele momento não tive trégua. Tilde havia organizado logo em seguida um almoço com um renomado docente da Católica e com o assessor da prefeitura responsável por educação, saúde e esporte. Foi cansativo, eu temia revelar amplas lacunas, me mostrar desinformado, dizer coisas de pouca relevância. Mas Tilde era habilíssima em relações públicas e tudo correu bem. Logo depois, subimos num táxi e nos catapultamos para a casa de uma velha senhora, uma princesa, me explicou Tilde toda contente. Não disse a ela que não entendia como, passados duzentos anos da Revolução Francesa, ainda se falasse com admiração e devoção de príncipes e princesas. Concentrei-me apenas em minha tarefa primária: causar ótima impressão na aristocrata, coisa que, segundo Tilde, eu conseguiria fazer com naturalidade. E assim foi. A velha de sangue azul rondava a casa dos noventa anos, mas era extremamente vivaz, espirituosa, lera meu livro anterior, logo leria o mais recente, tinha sido e ainda era uma das maiores conhecedoras da vida e obra de Maria Montessori. Conversamos por mais de duas horas, comendo guloseimas e bebendo chá preto num ambiente que, pela quantidade de tapetes, móveis, quadros nas paredes, estuques, eu só tinha visto no cinema. Mencionou um número impressionante de pessoas famosíssimas, vivas e mortas, chamando-as pelo nome e com intimidade. Tilde me ajudou a resolver o quebra-cabeça das identificações com rápidas pistas, e a nobre senhora falou de todos deleitando-se com a revelação de suas torpezas, seus reveses econômicos, suas perversões sexuais, crueldades misturadas a ignorância e superficialidade.

Ela nunca falou tanto com ninguém — exclamou Tilde quando finalmente saímos do apartamento —, em geral liquida ministros em cinco minutos: você tem um dom, sim, sabe deixar as pessoas à vontade. A satisfação dela e o orgulho com que falava de mim me transmitiram um senso de potência que logo se transformou em desejo de apertá-la, puxá-la, sacudi-la. Não, disse ela judiciosamente, e apenas entrelaçou sua mão à minha no elevador, liberando-a assim que saímos. Galvanizados, chegamos com leve atraso à livraria onde eu deveria falar de meu novo livro. E se não houver ninguém, indaguei de repente, assaltado por antigas ansiedades. Tilde sorriu, olhou ao redor, me beliscou de lado: se não houver ninguém, disse com olhos irônicos, paciência, a noite está linda, o ar é fresco, vamos dar um passeio; mas não se preocupe, um pouco de gente vai ter.

Com efeito, a pequena sala estava lotada, e fiquei feliz de estar ali, de ter ao meu lado uma mulher como ela, de finalmente ser eu, tal como queria ser, tal como devem ter me sonhado meu pai e meus antepassados, todos servos da gleba, eu, que tinha escrito dois livros, eu, que era um ponderoso autor capaz de tirar de suas casas e de seus afazeres tanta gente de boa cultura, disposta a discutir por ao menos uma hora um tema tradicionalmente tedioso.

A primeira a falar foi a diretora da livraria, depois Tilde interveio ao seu modo rápido e eficaz, por fim coube a mim. Fiquei de pé, sentado me vinha a impressão de ter escasso controle do público, mesmo nas aulas eu nunca me sentava na cátedra. Limpei a garganta e, um segundo antes de articular a primeira palavra, no fundo da sala apareceu Teresa. Era o que eu mais temia, lá estava ela, eu não podia escapar, onde quer que eu fosse ela sempre encontraria meios de me recordar quem sou. E não quando eu quiser, mas toda vez que ela assim desejar. E dirá como sempre o que bem entender, como a velha princesa nonagenária, apesar de ser jovem e de não ter uma gota sequer de sangue azul.

Já que ela estava diante de mim depois de tantos anos, me empenhei mais do que de hábito. Tentei fazê-la se sentir como quando eu era seu professor e ela se sentava no fundo da sala, ao lado da janela, e era uma garotinha indisciplinada. Durante todo o tempo falei aparentemente para o público, mas na verdade me dirigi a ela. Esforcei-me com todas as minhas energias, com toda a minha habilidade, para que se convencesse de que agora eu me purificara, merecendo o respeito que provavelmente ela nunca me concedera quando fui seu professor e quando fui seu amante. Falei quase uma hora, não queria parar. Mantinha os olhos fixos nela e, como não captava nenhum sinal de consenso, nem mesmo uma sombra de sorriso, dizia a mim mesmo: preciso de mais tempo, preciso de alguma maneira vencer sua habitual hostilidade, preciso emocioná-la, provocar-lhe riso, enfim, quebrar suas resistências como antigamente eu conseguia. Mas nada feito, em nenhum momento notei aquele abandono consenciente que agora eu aprendera a reconhecer até em pessoas totalmente desconhecidas do público, com as quais não teria outras interações pelo resto da vida. Teresa permaneceu sempre na mesma posição, um pequeno retângulo entre uma cabeça e outra de quem não tinha achado um lugar, e senti permanentemente sobre mim seu olhar agudo prestes a se traduzir numa frase sarcástica. Agora eu precisava concluir, a diretora da livraria se dirigiria ao público para saber se havia perguntas. Provavelmente Teresa seria a primeira a pedir a palavra, nunca se deixava intimidar, sabe-se lá o que falaria, palavras de escárnio, algum testemunho degradante de como eu ensinava. Ah, não queria pensar nisso, então prossegui até que Tilde me fez um sinal com a mão como quem diz: conclua, e eu concluí, me sentei exausto enquanto um grande aplauso explodia.

— Quem é? — me perguntou no ouvido.
— Quem?
— Você sabe, a mulher ao fundo, à direita: você falou por uma hora só para ela.
— Claro que não.
— Claro que sim.

18.

O debate começou. A princípio ninguém quis falar, as pessoas olhavam para baixo incomodadas, qualquer público se assemelha a um grupo escolar. Depois um velho professor na primeira fila começou, e logo em seguida muitos pediram a palavra. Respondi sempre com serenidade, a partir de certa altura até com alegria, visto que, contrariamente às minhas previsões, Teresa não demonstrava nenhuma intenção de falar, ao contrário, tendia a esconder-se, e estando sentado eu só avistava o volume alegre de seus cabelos muito pretos.

A diretora da livraria interveio depois de uma boa meia hora para dizer que só havia tempo para uma última pergunta. Olhei para a mesa ansioso, ouvi uma voz feminina me perguntando como eu avaliava meu percurso na escola. Não era Teresa, mas uma estudante dessas bem-educadas, provavelmente a melhor de sua turma em sabe-se lá que ótimo colégio da cidade. Eu estava com os óculos na testa, recoloquei-os sobre o nariz, perigo superado.

— Péssimo — falei, mantendo os olhos em Teresa, que de novo estava visível ao fundo da sala.

— Não acha que, se alguém fala mal das escolas que frequentou, acaba perdendo crédito, como se dissesse: não tenho uma formação adequada para ocupar este posto de trabalho, para ser ministro, para escrever livros ou falar em público?

Respondi:

— Sim — e eu gostaria de poder explicar-me bem, enumerar consequências, extrair conclusões. Porém, um segundo depois do meu sim, vi-ouvi Teresa batendo forte as mãos e, como um aplauso desencadeia outros aplausos, todos, até a estudante que tinha falado, bateram palmas longamente, com entusiasmo, como se naquele momento sentissem que sua formação era das piores e estivessem felizes por poder declará-lo com aplausos.

A noite estava encerrada, muitos se dirigiram para a saída. Procurei Teresa entre os que se demoravam, entre quem já se acercava da mesa para que eu autografasse o livro. Não a vi, fui assediado por meus leitores. Alguns que não tinham feito perguntas, mas as traziam na ponta da língua, agora queriam fazê-las pessoalmente a mim. Duas senhoras elegantes, talvez gêmeas, me recitaram uma lista de todos aqueles que, mesmo não tendo frequentado escolas, ou frequentando-as com péssimos resultados, fizeram coisas maravilhosas nas ciências e nas artes. Continuei me safando com ares benevolentes até que Tilde interveio, me pegou pelo braço, agradeceu aos presentes e me arrastou para fora sussurrando em meu ouvido: hoje à noite nada de jantar oficial, somos só você e eu; mas antes preciso resolver umas questões com a livraria, você pode voltar ao hotel, vamos comer algo por lá.

O hotel ficava a poucos passos. Respirei com prazer o ar estivo da noite em Milão, minhas têmporas latejavam com força, estava acalorado. Examinei a rua sem dar na vista, olhei de esguelha entre os passantes, entre os grupos de professores que ainda discutiam. Fiquei contente que Teresa tivesse ido embora e ao mesmo tempo me lamentei. A contradição me enervou, mas era assim mesmo que as coisas estavam, eu não tinha vontade de falar com ela e no entanto isso me parecia necessário: se ela voltasse aos Estados Unidos, como aliás anunciava na entrevista, quem sabe quando teríamos oportunidade de conversar frente a frente. Mas conversar para dizer o quê? Quando se escreve é possível calibrar as frases; já nos diálogos cara a cara há o risco de se falar demais, de despertar o que estava adormecido. Vou escrever outra carta para ela, pensei, é melhor. Todavia, justo enquanto eu me acalmava assumindo aquela tarefa, avistei-a na esquina, em frente a um bar, com dois, três amigos ou gente conhecida naquela circunstância, todos homens.

Vou chamá-la, decidi, mas logo recuei. Ela teria me liquidado com um comentário irônico sobre minha fala, só para provocar risos em sua pequena corte de pretendentes ou colegas de trabalho levados à força para ouvir minhas bobagens. Também eles cientistas, talvez, americanos ou de outras nacionalidades,

Teresa sabia muitas línguas; eu, somente o latim, o grego e o napolitano. Como ela estava à vontade, bastava observá-la, figurinha fina, jeans e camiseta, jovem, sem freios. Eu olhava para ela e já redimensionava meu pequeno sucesso naqueles anos, era um homem sem o olho treinado para ir além do quintal italiano, restrito ao riacho da periferia romana. Já ela, lá estava ela na outra ponta da rua, uma cientista poliglota de fama internacional, a aluna que superara o mestre, e mestre afinal de quê, eu não sabia nada das disciplinas em que ela brilhava. Gritei: tchau, Teresa, e me afastei a passos largos, cabeça baixa, o braço direito erguido e fracamente oscilante em sinal de adeus.

Passaram-se poucos minutos e ouvi um rumor de passos, nem tive tempo de me virar quando ela me enlaçou pelo braço:

— Fugindo para onde? Tem um encontro com a madame bonitona que vigia cada palavra sua?

— Não queria te incomodar.

— Mas eu queria.

Imediatamente começou a zombar de minha fala — quanto entusiasmo, quanta paixão exagerada, de onde eu estava você parecia um cachorrão fazendo festa para o dono —, depois me empurrou para dentro de um bar e, quando retirou o braço do meu, senti como o tecido de meu paletó se resfriava e eu já perdia o calor que ela me transmitira. Retruquei rindo que, reduzidos ao osso, todos nós somos cachorros, enquanto olhava o relógio com ar de lamento: só tenho dois minutos, Teresa, me desculpe, tenho um compromisso. Ela fingiu não ter escutado, escolheu uma mesa, sentou e desandou a citar trechos de minhas cartas, as informações que eu lhe dera sobre Nadia, sobre as crianças, mas como se eu tivesse mentido e agora ela precisasse buscar a verdade nas entrelinhas. Olhei de novo o relógio, fiz sinal ao barman, e ela já foi dizendo em tom irônico o que tinha deduzido de meus textos: Nadia era minha escrava, a vítima que eu torturava fingindo-me pleno de atenções, a mulher de quem eu chupava até o tutano para me fortalecer e sair por aí bancando o macho brilhante com fêmeas inimigas de outras fêmeas; quanto aos meninos, ela os descreveu macilentos, forçadamente carinhosos por causa do medo que eu lhes incutia: aos olhos deles eu era quase um estranho, mesmo quando voltava para casa eu não estava presente, tinha a cabeça totalmente ocupada por minhas coisas, um gorila sem afetos e sempre à caça, que até quando não caça sonha com suas presas. Você continua a mesma — falei recorrendo a um tom brincalhão, semelhante ao dela —, se delicia desconstruindo a vida alheia, especialmente a minha. Ao que ela exclamou falsamente queixosa: veja, você se ofendeu, mas eu estava brincando, você falou muito bem na livraria, é o melhor dos homens, um bom marido e um ótimo pai, eu só estava citando uma das aulas que você nos dava no segundo ano do colégio. Quis resumi-la para mim. Como fiquei perturbada, exclamou, vocês professores deveriam calibrar cada palavra em vez de nos inundar desbragadamente com conversas. Eu tinha dito: não há nada de humano que não possa ser reconduzido a um grunhido, a um aorgh, um uah, um vu vu vu; tudo, até a poesia, até as rompidas cancelas da aurora, até os sóis que se chocam com fios de cílios eram de fato grunhidos. E então fez um gesto com os dedos que com toda a probabilidade era a paródia de um gesto meu de professor, para concluir: viu como me lembro de cada uma de suas frases?

Sim, de fato, alguma coisa ela lembrava. Para minha surpresa, citara versos de Zanzotto* que eu a fizera ler quando

---

* Acima foram citados, respectivamente, os versos *"rotti cancelli dell'alba"*, do poema "Serica" (in *Dietro il paesaggio*, Mondadori, 1951), e *"i soli che urtarono fili di ciglia"*, do poema "Esistere psichicamente" (in *Vocativo*, Mondadori, 1957), do poeta vêneto Andrea Zanzotto (1921-2011). Na fala da personagem, o verbo *urtare*, "chocar-se", é citado no presente, quando em Zanzotto é usado no passado.

fui seu professor, palavras que eu amava, ainda hoje as recitava aos meus alunos do terceiro ano, e senti um lampejo de orgulho por ela os ter conservado na memória. Então eu era parte inapagável de sua formação, fiquei lisonjeado por ter de fato contribuído para ela ser quem era. Baixei a guarda, expliquei que não estava nem um pouco ofendido, que era feliz de ser um gorila, que me achava num período em que o grunhido — aorgh, uah, vu vu vu — me caía muito bem, e que de fato estava em cima da hora, compromisso é compromisso, não posso bancar o mal-educado.

Aquele tom decidido a tornou gélida na hora, seus olhos ficaram parados. Falou: de acordo, pode ir, estou bem, você está bem, faz discursos mais sedutores do que no passado, tem uma família que funciona melhor do que a sagrada família, ambos nos tornamos tão interessantes que todos nos exibem nos jornais, saudações e beijos. Então fez que ia se levantar e, embora eu soubesse que era uma farsa, prontamente segurei seu pulso para detê-la, sorri, murmurei: dois minutos duram bastante, vamos aproveitá-los. E pedi duas cervejas, eu sabia que ela gostava de cerveja, e mandei vir sua preferida desde sempre. Tornou a sentar e falou séria, como raramente fazia:

— Quer desperdiçar o pouco tempo à disposição ou prefere ir direto ao ponto?

— Qual é o ponto?

— O ponto é que, se ainda se lembra de mim, se me escreve cartas longuíssimas — como você está, como é a América, como vive, tem namorado, tem marido, é mãe, trabalha com quê —, é por uma razão que você não tem coragem de dizer com clareza.

— A razão é uma só e é claríssima: tenho afeto por você.

— Não, a razão é que você quer saber se eu sou e serei sempre a guardiã fiel de suas confidências.

Balancei energicamente a cabeça.

— Eu nunca desconfiei de você.
— Mentiroso.
— É sério. No máximo temo algum momento seu de distração. Nós dois estamos numa boa fase da vida, e não queria que por uma tolice, uma tirada, uma brincadeira estúpida a gente se fizesse mal.
— Viu como está preocupado?
Balancei de novo a cabeça fazendo um ar de quem não está sendo compreendido. E naquele instante Teresa fez um gesto que, em todos os anos de nosso relacionamento, quase nunca aconteceu, um gesto de afeto gratuito: alongou um braço e passou os dedos pálidos no dorso de minha mão. Então admitiu que, ao nosso modo, com excessos até cruéis, tínhamos nos amado muito. Disse: agora que tantos anos se passaram, agora eu sei com clareza, e às vezes, do outro lado do mundo, chego até a pensar que ainda nos amamos; claro, o convívio não foi possível, aliás, suspeito que no passado o esforço que fizemos para ficar juntos piorou nossa natureza, e a pioraria ainda mais caso nos víssemos hoje. Mas separados podemos ser um casal sólido.
— Um casal? Você e eu?
Bebeu o que restava da cerveja e depois cravou em meus olhos seus olhos brilhantes de ironia.
— Claro: eu serei sua vigilante e você, o meu; pela vida toda.
— Ou seja?
— A gente se casa. Fazemos uma espécie de matrimônio não religioso nem civil, mas que podemos chamar de ético. Se um de nós desgarrar, o outro tem o direito de dizer a qualquer um: agora vou lhe explicar quem é realmente esse homem, quem é realmente essa mulher.
Olhei para ela perplexo. Estava brincando ou falando sério? Estava me propondo um controle à distância, um supereu exigentíssimo que nos próximos cinquenta anos falaria a mim

com a voz dela, e a ela com a minha? Que garota fantasiosa, pena não conseguir suportá-la por mais de uma hora. Tinha um cérebro que triturava de tudo, excelente nas matérias científicas e nas literárias, e uma tensa necessidade de vida, um fio de aço que vibrava contra a pele, cortando-a. Quanta coragem, quanta audácia: as jovens de hoje em geral são assim, mas não naquela época, Teresa tinha sido um pedacinho de futuro escapulido da periferia romana. Adeus aos pais, adeus aos parentes e aos amigos, adeus aos montes, às nascentes e aos declives, adeus sobretudo a mim. Tinha deixado a Itália, subido em aviões nos quais eu nunca subira, foi parar em mundos, costumes e línguas sobre os quais não sabia nada, enfrentou provas de todo tipo perseguida por homens e mulheres de uma maldade normal e comuníssima, e no entanto não se deixou deter, fez cada vez melhor, reduziu tudo a si.

Não repliquei, dei apenas uma meia risada quase silenciosa e a deixei continuar girando em torno da proposta de casamento que acabara de me fazer. Agora usava o tom que eu conhecia melhor, cada frase oscilando entre sedução e chicotadas de escárnio, uma voz irônica e sem suavidades, sempre à beira do sarcasmo. Os dois minutos tinham se dilatado, comecei a gostar de estar no bar com ela, bebendo uma segunda cerveja. Tilde sumiu de minha mente, assim como o telefonema noturno à minha mulher e aos meninos. Teresa então passou a me alfinetar, bastara-lhe um lance de olhos do fundo da sala para entender o que havia fermentado entre mim e Tilde, o que aconteceria aquela noite. Que vestido elegante — ela dizia — madame Bellona tem. Sabe quanto tempo aquela finíssima rainha gasta na frente do espelho se maquiando, dando pulinhos na ginástica, passando cremes tão caros que é preciso saquear um banco para comprá-los? Num único dia ela joga fora o que eu saboreio por uma vida inteira. Mas eu te entendo, há prazer com senhoras assim. Debaixo do vestido você vai encontrar lingerie refinada, vapores de perfume delicado, nem um milímetro de gordura na barriga, nenhuma celulite, uma boa elasticidade para satisfazer suas fantasias mais ousadas. Mas cuidado. Fodê-la é uma ação feia. Se você agora — digamos — sair correndo para a cama dela, vai humilhar sua mulher. E tem diante de si duas possibilidades. A primeira é voltar para casa, falar com a pobre Nadia e soltar aquele papo de sempre: fui arrastado pelo desejo, perdão, nunca mais vai acontecer. Tudo dito com frases sofridas de arrependimento, onde você vai pôr sua famosa elegância verbal, transmutando em bela forma cadenciada seus roncos de gorila, vu vu vu.

Interrompi com um tom de quem aceita continuar no jogo por pura distração:

— Isso está fora de cogitação: Nadia me expulsaria de casa e eu nunca mais veria meus filhos.

— E então?

— Então eu não digo nada. E, se as coisas se complicarem, minto. Qual é a segunda possibilidade?

— A segunda possibilidade é que eu, de um modo ou de outro, venha a saber que você traiu sua mulher.

— Ah, e aí?

— Aí eu me sinto traída na condição de sua consorte ética e conto a qualquer um o pior de você.

— Quer dizer que ou eu confesso tudo à minha esposa, ou renuncio àquela mulher?

— Sim.

Ri, dessa vez com um divertimento exibido e nervoso.

— Tudo bem, renuncio.

Teresa voltou a acariciar minha mão.

— Muito bem: se você se comportar assim, vai se tornar o melhor entre os melhores.

— Você também, já que, ao primeiro malfeito, vai se arriscar exatamente como eu.

— Não tenho problemas, já sou boa.

Nos despedimos por volta das onze como dois velhos camaradas que se reviram depois de muitas experiências em vários campos de batalha e exorcizaram seu horrível passado contando um ao outro anedotas de caserna.

19.

Fui direto ao hotel, passo rápido, mãos no bolso, ia ser difícil me justificar com Tilde. Mas duvidava que estivesse dormindo e a desejava, a desejara durante todo o dia, embora fosse difícil definir se era um desejo autônomo meu ou derivado da certeza de que ela me queria e que estava me esperando. As ameaças jocosas de Teresa não me fizeram mudar de ideia. Desejar uma mulher mesmo sendo casado não é uma maldade. Teresa simplesmente tinha torneado um pouco as palavras, usando o pequeno adultério que estava para se cumprir depois de anos de fidelidade como um exemplo, só para conversar. No fundo, no fundo, o que ela quis me sugerir? Quis me sugerir que, por causa das coisas que confessáramos um ao outro, tanto eu quanto ela tendíamos a nos considerar ruins. Mas o rumo que nossas vidas tinham tomado dizia exatamente o contrário: neste mundo ruim, nós éramos os bons. Só que, à diferença dos outros bons, sabíamos que podíamos nos tornar maus, e o sabíamos tão bem que, por uma honestidade inata, nós mesmos nos pusemos na categoria dos maus e agora achávamos que nossa bondade era uma ficção. Todavia não fingíamos de modo nenhum, éramos verdadeiramente bons, bons que às vezes podiam fazer coisas ruins. Isso porque a vida é terrível, e expor-se a ela é um risco permanente. Mas o mal que nós, bons, podíamos fazer era sempre uma ninharia, meu deus, se comparado ao que os maus são capazes de fazer. Certo, o mal é sempre mal. No entanto, só o fato de pensar uma proposição desse tipo — o mal é o mal, sem atenuantes — não significava que nos movíamos dentro do sistema da bondade? Era preciso aspirar a uma perfeição gélida e inflexível para nos sentirmos maus ao mínimo desvio. Mas se tornar adulto — disse para mim — é de fato renunciar a sermos perfeitos. De maneira que, sim, o casamento ético, bela conversa afetuosa, linda brincadeira. Mas eu, agora, queria de todo modo concluir a noite despindo Tilde lentamente de suas roupas íntimas. Já as sentia em minhas mãos como tecidos tépidos e ao mesmo tempo um pouco úmidos, panos nos quais acabou de passar o ferro em brasa.

Entrei no hotel esbaforido, ela estava no hall, sentada de pernas cruzadas numa poltrona de forro dourado, lendo uma das provas que sempre levava consigo.

— Sua esposa telefonou duas vezes — disse. — Como lhe falaram que você não estava no hotel, na terceira ela procurou por mim.

— Me desculpe, eles me seguraram.

— Não precisa se justificar comigo, mas com ela. Eu falei que o debate tinha se prolongado e que ainda continuou depois de a livraria fechar.

— Vou ligar para ela.

— Espero você.

— Já jantou?

— Há uma hora. E você?

— Eu não.

— Mando fazer umas torradas?

— Obrigado.

Fui correndo ligar para Nadia, que me atendeu com a voz que tinha quando eu a arrancava do sono por algum motivo.

— Por que você me ligou? Que horas são?

— São onze e dez.

— Você sabe que a esta hora já estou dormindo.

— Só queria lhe contar que foi tudo bem.

— Eu soube, conversei com Tilde. Por que você voltou tão tarde?

— Havia professores que queriam continuar discutindo e me arrastaram para um bar pertinho da livraria.

— Está cansado?

— Um pouco.

— Vá dormir.

— E as crianças?

— Tudo bem.

— Boa noite.

— Boa noite.

Voltei para Tilde aliviado, Nadia me parecera serena. Devorei as torradas, bebi mais uma cerveja, brinquei com ela e ela comigo.

— Terminou?

— Sim.

Deixamos as poltronas de forro dourado e nos encaminhamos para o elevador, desta vez conversando sobre os originais que ela estava lendo. Tilde apertou o botão do quarto andar, meus aposentos ficavam no terceiro. Continuamos discutindo sobre os originais como se esse fosse o único assunto que realmente nos interessava. Ela saiu do elevador, eu a segui. Procurou as chaves, enquanto segui lançando frasezinhas para contribuir a enriquecer o texto caso se decidisse a publicá-lo. Abriu a porta do quarto, entrou, entrei em seguida deixando a porta aberta. Ela se virou, apoiou a bolsa numa cadeira e disse:

— Não vai fechar?

Recordo nitidamente o instante interminável que se seguiu àquela pergunta. De repente senti que não tinha nenhuma necessidade real de abraçar aquela mulher, de acariciá-la, de entrar de vários modos em seu corpo malgrado o dia cansativo, as pálpebras pesadas. Fechei a porta, ela falou:

— Vou um segundo ao banheiro.

Desapareceu do quarto com um movimento gracioso, quase na ponta dos pés. Fiquei sozinho, olhei ao redor, o quarto era idêntico ao meu, no terceiro andar. Ouvi a água correr. O desejo existia, sim, mas não a obrigação: nada nem ninguém me impunha extrair prazer do corpo de Tilde e dormir com ela naquela suíte. Tratava-se simplesmente de decidir: cortar os fios que quase sem perceber vínhamos tramando havia muito tempo, com certeza desde a vez que ela comeu de meus dedos o pedaço de torta num café da manhã consumido agora nem lembro mais em que cidade, em que hotel; ou levar a cabo o cenário em que tínhamos nos inserido com cores cada vez mais estudadas? Me perguntei por que eu estava naquele quarto, e não no meu; por que aquela mulher, casada, com filhos, muito bonita, me acolhera naquele espaço e agora — não sei — estava escovando os dentes, se preparando para mim e para a noite. Respondi que tudo estava acontecendo porque ela me imaginava como de fato eu não era, mas como na verdade eu sempre quis ser e como, nos últimos anos, para minha surpresa, comecei a me sentir realmente. E me ocorreu que, se eu quisesse manter o afeto, o apreço e o próprio desejo de Tilde por mim, eu deveria me mostrar coerente com a pessoa que tinha movido sua sensibilidade, sua inteligência. Tilde saiu do banheiro, estava descalça e vestia apenas uma combinação de cor azul. Peguei sua mão esquerda, beijei-a com devoção, passei a língua na palma que tinha cheiro e gosto de creme para o corpo. Falei:

— Você é linda e eu te desejo muitíssimo, mas preciso parar por aqui. O que vai acontecer depois desta noite? Fazemos amor, e depois, e então? Não, eu não consigo trair minha mulher, gosto dela, gosto de meus filhos. Eu pensei que podia, mas não sou capaz, não é minha natureza, sou assim.

Pronunciei a última frase com a genuína altivez do homem justo. Tilde retraiu bruscamente a mão e me deu um forte tapa na cara com a direita, meus óculos voaram e foram cair na cama. Toquei o rosto, senti que me vinham lágrimas aos olhos e me furtei ao seu olhar furioso com a desculpa de recolher os óculos.

— Boa noite — falei.

Ela murmurou:

— Espere, me desculpe. Foi uma reação estúpida, fui eu que errei, venha.

— Não — murmurei de volta —, a culpa é inteiramente minha. Vamos tomar café juntos, às oito?

— Vamos.

Saí, desci pelas escadas ao terceiro andar, até meu quarto. Meu rosto doía, mas eu não tinha perdido o equilíbrio, não tinha caído, ao contrário, me sentia leve. No entanto, tudo o que parecia sólido era feito de um ar que sustentava meu peso como se fosse um avião em voo com uma rota finalmente clara. Me senti contente.

20.

Atribuo àquela noite em Milão o início de minha nova vida, embora há tempos considere um autoengano estabelecer seja a data de um princípio, seja a data de um fim. Já na manhã seguinte as coisas se ajeitaram surpreendentemente bem. Tilde e eu tomamos café juntos com uma autêntica alegria, como se no dia anterior, temendo uma doença mortal, tivéssemos nos submetido a um exame clínico decisivo e, tendo nosso corpo se revelado saudabilíssimo, agora nos sentíssemos orgulhosamente vivos.

Durante a viagem de volta conseguimos até conversar sobre o que nos acontecera, e rimos muito. Mas a certa altura, enquanto ela guiava, fiquei sério, passei levemente o indicador na borda de seu vestido — um limite que corria a pouca distância dos joelhos delgados — e busquei palavras para uma impressão que tinha em mente desde que nos fechamos no carro. Se tivéssemos feito amor, falei, agora meu dedo não sentiria nada do que esse tecido é capaz de sugerir a ele. Ela concordou, e passamos a imaginar quantas sensações se perderiam para sempre se naquela noite tivéssemos nos conhecido em cada milímetro, tornando-nos surdos aos nossos detalhes. A lista nos divertiu, e só houve um segundo de sofrimento quando Tilde — enquanto eu falava do desenho de sua orelha pequena, quase sem lobo, bem colada ao crânio — exclamou de repente:

— Que idiotice.

— Não quer mais brincar?

Balançou energicamente a cabeça:

— Não, não, continue. Mas agora sei que a última coisa que eu queria fazer com você era sexo.

— Queria o quê, então?

— Não conseguiria explicar sem me tornar ridícula.

Pronunciou aquela frase com um surpreendente espasmo da boca, tanto mais quando se leva em conta que até então ela parecia contente. Tateei, estava para dizer: ora, seja ridícula, mas decidi me conter porque me veio à memória uma frase muito semelhante que anos antes Teresa gritara para mim durante uma de nossas brigas. Estávamos no apartamento de San Lorenzo. Ela tentava me dizer algo que tinha a ver com sua necessidade de amor, eu reduzira aquela necessidade a uma sarcástica trivialidade, e ela, que enlouquecia de prazer todas as vezes que transávamos, escandiu: ah, me desculpe, mas você realmente acha que estou contigo por causa dessa coisinha ridícula entre suas pernas, acha isso? E de tanta raiva começou a quebrar objetos, gritando que não havia como se fazer entender: eu, que parecia compreender tudo, absolutamente tudo, até os sentimentos mais vagos, até os pensamentos menos formuláveis, eu era pior do que o mais obtuso dos homens, eu arrebentava os ossos e cortava a garganta de quem aparecesse à minha frente, era uma armadilha, uma armadilha daquelas bem escondidas. E então parou, se interrompeu com um ronco no peito, ficou azul que nem os bebês quando se desesperam sem conseguir puxar o ar, e eu comecei a gritar alarmado: Teresa, por favor, Teresa, o que você tem. Até que a respiração voltou.

Tilde me espreitou por um átimo com o canto do olho. Esperava que eu dissesse alguma coisa, mas deve ter percebido que eu estava absorto sabe-se lá com que e murmurou, como se falasse a si mesma: preciso parar cinco minutos. Logo em seguida estacionou na frente de uma lanchonete de estrada, sumiu para fazer xixi, e eu também fiz o mesmo. Quando nos reencontramos, ela me pegou pela mão com uma expressão muito concentrada, se dirigiu a um canteiro a poucos passos e disse: me deixa dormir um pouco perto de você? Ajoelhou-se e deitou na grama. Eu olhei ao redor embaraçado, antes de me deitar ao lado dela; já Tilde se acomodou no mesmo instante, sem problemas, apoiando a cabeça em meu ombro. Havia um cheiro bom de grama recém-cortada, em disputa com o da gasolina. Não fechei o olho, ela dormiu por quase meia hora colada ao meu flanco, o braço em diagonal sobre meu peito. Ao acordar — um despertar brusco, os olhos desorientados —, disse: agora estou bem, e fizemos o resto da viagem até Roma, até a porta de minha casa, conversando disso e daquilo, como sempre. Nos despedimos prometendo que seríamos amigos para sempre. Ela só disse em tom irônico: em mim você pode confiar, mas quanto àquela mulher que estava no fundo da sala, olhe lá, fique atento. Então, enquanto ia embora, mandou lembranças a Nadia e aos meninos.

Devo dizer que eu não via a hora de abraçar de novo minha mulher. Entrei em casa assustado, torcendo para que o desejo que sentira por Tilde não me tivesse deixado um olhar fugidio, um constrangimento que Nadia, com seu faro de esposa ansiosa, pudesse identificar. Mas era quase meia-noite, ela estava dormindo. Balbuciou alguma coisa no sono, sem se dar conta de que eu havia chegado.

21.

No dia seguinte, e depois de modo cada vez mais evidente nas semanas sucessivas, senti que minha mulher estava de bom humor, aliás, afetuosa como não costumava ser havia tempos. A princípio me preocupei, temi que quisesse ter outro filho. Mas logo me pareceu claro que ela considerava encerrada uma fase inteira de sua vida, que queria parar para usufruir do melhor que possuía. De fato, começou a falar da universidade como de um lugar remoto, habitado por serpentes de fogo e escorpiões, e a aludir ao colégio como seu local definitivo de trabalho. E o fez sem descontentamentos visíveis, ao contrário, a cada dia se tornou mais hábil em conciliar sem esforço aparente o ensino e as obrigações relativas aos filhos. Assim, tive de admitir que a jovem Nadia se extinguira, agora eu tinha em casa e na cama uma mulher equilibrada, que se considerava uma boa docente de matemática, mãe atenta às três crianças, esposa que, depois de uma longa fase de declínio, voltara a cuidar de si para não destoar ao lado de um marido de discreto prestígio.

Aquela virada me tranquilizou. Se Nadia estava bem, estavam bem Emma, Sergio e até o macilento Ernesto. Mas acima de tudo eu estava bem. Podia lecionar, estudar, falar em público sobre meus livros, colaborar em revistas e jornais, não ter a angústia de causar, ou de alargar por distração, feridas no organismo familiar justamente quando eu estava empenhado em tornar coerente, possivelmente invulnerável, minha figura pública. Nadia estava ali, cuidava de tudo, principalmente de mim, e se sentia feliz com isso.

Não me perguntei o que a teria modificado tão prazerosamente, e não por desinteresse, mas por prudência. Ela agora acompanhava com simpatia minhas aventuras de pequeno intelectual que em toda ocasião refletia sobre a importância da escola, e com frequência me relatava orgulhosa que alguma colega, as amigas de Pratola Peligna, os amigos de seus pais tinham falado bem de um dos meus dois livros, ou de algum artigo recém-publicado. Mas eu notara que, se eu cedesse ainda que com autoironia às vaidades, aquela simpatia e aquele orgulho podiam transmudar-se em sorrisos forçados, num retirar-se como quem tem coisas urgentes a fazer. Cheguei até a suspeitar de que certas melancolias, certas depressões passageiras, fossem o apêndice do mau humor que as narrativas de meus sucessos lhe suscitavam. Num sábado de manhã li para ela em voz alta a carta de um acadêmico, então muito conhecido, que me congratulava por um breve artigo meu publicado no jornal. Nadia esboçou um meio sorriso:

— Deve ser um amigo de Itrò.

— Pode ser.

— Pode ter certeza de que é; às vezes você se esquece de quanto deve a Itrò.

Falei com cautela:

— Quem escreveu o artigo fui eu, não ele.

— É verdade, mas há tanta gente boa por aí.

— Quer dizer que, se você me lesse num jornal prescindindo da autoridade de Itrò, não me apreciaria?

— Claro que apreciaria. Mas tem certeza de que, sem o apoio de Itrò, o convidariam a escrever nos jornais?

Admiti que não tinha certeza daquilo. Mas o fiz para manter o sossego, não queria atritos com ela, tinha dias cheios pela frente. Nossa casa estava se tornando muito frequentada, estudantes e professores até de outras cidades vinham me visitar e me contavam suas experiências didáticas; mas também apareciam pessoas que trabalhavam em pequenas revistas e editoras, gente que queria discutir, propor iniciativas, recorrer a mim para isso e aquilo. Especialmente quando se tratava de visitantes femininas, Nadia se mostrava ríspida e depois dizia: talvez a gente tenha realmente que mudar de casa, aqui é muito pequeno, as crianças não têm onde brincar e eu preciso de um local para mim, não quero viver numa feira. Inútil argumentar que eu não podia me recusar a receber pessoas com frases do tipo: não me façam visitas, minha mulher se incomoda, principalmente se são jovens animadas e professoras cultas, de ar reflexivo. Eu retrucava: você tem razão, assim que entrar um pouco de dinheiro, fazemos as contas e nos mudamos.

Devo dizer que o dinheiro estava entrando, e eu de fato fazia contas, com frequência lhe detalhava cifras para enfatizar entusiasticamente como nossa conta no banco estava crescendo. Mas foi justo sobre esse assunto que tivemos um outro período arriscado de tensão. Uma noite, depois do jantar, falei a ela com orgulho de algum dinheiro que acabara de receber graças aos meus livros. Disse "ganhei", pretérito perfeito, primeira pessoa do singular. Ela, que tinha tirado a mesa e agora passava uma camisa minha — eu viajaria no dia seguinte, vivia partindo —, me corrigiu sem sequer erguer os olhos da tábua:

— Nós ganhamos. Você não teria escrito nem meia linha sem mim.

Acrescentei depressa:

— Claro, você sempre esteve por perto, sua presença foi fundamental.

— Não minha presença, que presença, estou falando de meu tempo. Nas coisas que você escreve, em suas andanças por aí, em seu sucesso, em seu exibir-se e receber cumprimentos e ser festejado há um monte de tempo meu.

— Sim, Bertolt Brecht: "Uma vitória a cada página./ Quem cozinhou o jantar da vitória?".

— Cozinhar é o mínimo, bastaria um salário de cozinheira. Você me deve muito mais.

Eu a olhei perplexo. Estava de pé, na cozinha, passando o ferro para cá e para lá de olhos baixos, parecia querer evitar sobretudo o risco de falsas pregas.

— Você tem razão — atalhei —, me desculpe: nós ganhamos.

22.

Comecei a me sentir mais casado com Teresa do que com Nadia. Mas dito assim talvez não esteja correto, talvez eu devesse simplesmente especificar que a esposa de todos os dias me beneficiava menos do que a de além-oceano, cujas irrupções eram sempre um excitante torvelinho de salvação possível e provável ruína. Enfim, aquela nova instituição que Teresa imaginara batizando-a ironicamente de "casamento ético" começou a funcionar. Tanto mais que, de surpresa, ela passou a me escrever sem ser solicitada, não ao meu endereço residencial, mas ao da escola. De início cartas breves, afetuosas, uma a cada semana, que podiam ser resumidas a um simples: como vai? Mas eu as lia e relia, admirado com aquela reviravolta, e quando lhe respondia rabiscava pelo menos duas páginas carregadas, acolhendo com entusiasmo ou rejeitando cautelosamente o que ela parecia me sugerir nas entrelinhas.

Aquela troca epistolar logo se tornou um hábito. Ela me falava resumidamente de si — atritos no trabalho, grana curta, namorados que duravam poucas semanas, as enormes baratas de Boston que ela encontrava até entre os lençóis ou no corredor, quando ia ao banheiro de noite —, e eu de mim, amplamente, muitas vezes pedindo conselhos sobre essa ou aquela situação que me incomodava, sobre um ou outro acontecimento que eu considerava um importante passo à frente.

Não sei se foi a vigilância epistolar de Teresa que acabou me transformando ainda mais. O fato é que se ela mesma, apesar do caráter intratável que tinha, às vezes terminava admitindo, com fraquejadas sentimentais de no máximo meia frase, que aquela correspondência comigo lhe fazia bem, por que eu não deveria ao menos supor que, sim, nosso pacto matrimonial estava funcionando? Passei a senti-la cada vez mais próxima naquelas cartas, embora o tom fosse quase sempre sarcástico: muito bem, quem diria, o homem mais egocêntrico e menos sensível que conheço está perdendo a rigidez, se tornando mais suave?

É óbvio que ela exagerava, sempre fui uma pessoa flexível. Mas, depois de Milão, essa característica minha se transformou em outra coisa, tornou-se uma atitude estavelmente assentada que — descobri — dava ótimos resultados. Com os estudantes, por exemplo, inaugurei uma pedagogia mais explícita do afeto, vale dizer, uma dedicação zelosa aos mais frágeis, aos mais rebeldes, aos que pareciam menos dotados. Com os colegas, acentuei a gentileza e a boa educação, preocupando-me especialmente com quem era marginalizado por um motivo ou outro. Comecei a achar interessante até meu sogro — o velho diretor pedante, que sempre queria me ensinar como estar no mundo, quando de fato ele sempre vivera na província e não sabia nada do mundo —, eu mesmo me surpreendi por passar a achá-lo interessante, tanto que minha sogra disse certa vez à filha: o que está acontecendo com seu marido, como é que ele dá tanta corda a seu pai, não se chateia? A beleza era justamente esta: ninguém mais me chateava, principalmente os chatos. Quanto mais o tempo passava, mais eu dava ouvidos a qualquer conversa, encontrando em cada caso alguma coisa a aprender, algo a sugerir.

Também cresceu a alegria — vou chamá-la provisoriamente assim: era uma exaltação modesta, uma discreta felicidade — com que eu enfrentava qualquer discussão pública. Eu já sabia que era bom de discurso, mas agora não tinha mais a ânsia de prová-lo para mim. Quando os outros falavam, eu evitava demonstrar impaciência. Em vez disso, escutava com sincera benevolência todas as intervenções, e mesmo nessas ocasiões sentia aumentar em mim a simpatia pelos mais agressivos, pelos mais odiosos. Não perdia uma sílaba destes, que frequentemente me pareciam mais consistentes do que os agradáveis. Eu os ouvia com uma expressão que era, note-se bem, não de concordância, isso não, mas de compreensão, que eu manifestava com um som indefinível, difícil de descrever aqui, um E que parecia um U. Quando caía o silêncio e era minha vez de falar, olhava sem pressa meus apontamentos, desenhava pela última vez no ar aquele rabisco sonoro e então iniciava um discurso crítico, mas sempre pacato, com tons benevolentes que agradavam ao público.

Uma vez escrevi a Teresa, para provocá-la: as duas horas naquele bar de Milão me iluminaram; todo o meu corpo, ao ver-se de novo perto do seu, fez um balanço de nossa convivência conturbada, quando eu te tolerava menos a cada dia que passava, e entendeu — sentiu — que a compreensão afetuosa é a única maneira de lidar com as pessoas insuportáveis. Exatamente assim, com um andamento pseudossolene. É claro que ela ficou furiosa, me cobriu de insultos, escreveu: pense você mesmo no tanto que foi e é insuportável, imbecil, mesquinho, falso e cruel com essas suas frasezinhas que sempre despejaram em mim uma maldade que era sua, só sua. Por fim, concluiu dizendo que ou eu me desculpava pelo que tinha escrito, ou ela cortava definitivamente os laços, com todas as consequências do caso.

Fiquei triste ao ler aquela resposta. Apesar dos anos e do sucesso, Teresa continuava a mesma garotinha melindrosa. Lia em cada ironia minha a intenção de lhe fazer mal, o que não era verdade, ou pelo menos assim me parecia, e, se eu lhe dissesse isso, ela ficaria ainda mais raivosa e recorreria a injustiças convencida de que estava sendo justa. Me apressei em lhe pedir desculpas, falei que às vezes não me dava conta do que dizia. Você me repreende — escrevi — e eu, veja só, me corrijo e aprendo. Supliquei que continuasse me escrevendo, me corrigindo. Se com ela às vezes eu errava, graças a ela, àquela nossa correspondência, na vida de todo dia, agora eu não errava mais.

23.

Era bem assim. Devo admitir que, a princípio, tive a impressão de estar imitando algum outro: um personagem de romance ou do cinema que eu havia esquecido; ou alguma pessoa real com quem eu topara na infância por poucos minutos e que me marcara. Mas a certa altura — fato novo em minha vida — cheguei a me dizer: não, finalmente aos quarenta anos essa sensibilidade e essa inteligência são mesmo minhas.

Aconteceu especificamente numa noite, ali na periferia onde minha própria escola funcionava, dentro de uma saleta esquálida. Foi um episódio decisivo. Havia a mesma discussão de sempre, mas, assim que cheguei, senti que as coisas se complicariam: quem tinha me convidado me recebeu com hostilidade, e, como se não bastasse, encontrei na mesa, bem ao meu lado, o mesmo indivíduo que muito tempo atrás atacara sumariamente meu primeiro livro, levantando-se e indo embora em seguida.

Foi com extremo incômodo que o reconheci. E foi ele quem me apresentou ao público, mães de família com crianças irrequietas, aposentados, alguns estudantes, alguns colegas de minha escola. Segundo a praxe, ele deveria dizer umas poucas palavras, mas em vez disso falou muito mais do que lhe cabia, comportando-se como se fosse o verdadeiro protagonista da noite. Acima de tudo, em vez de elogiar minhas qualidades, como em geral acontece nessas ocasiões, analisou minuciosamente meus livros e alguns artigos recentes buscando mostrar sua irrelevância. Tratava-se sobretudo de lugares-comuns sem fundamento, chegou a afirmar, usando todo o sarcasmo de que era capaz.

Na sala ele contava com um bom número de apoiadores, duas ou três vezes houve risos e risadinhas, um aplauso. Durante todo o tempo fiquei encarando o forro que cobria a mesa sem perder uma palavra, o tecido era de uma irritante cor lilás que, à luz de dois neons antigos, se tornava ora cor de sangue, ora de um roxo que lembrava uma comprida equimose. E uma ou duas vezes adernei com sensações de vertigem, tive medo de cair da cadeira, mas não parei de ouvir com atenção, sem dar sinal de incômodo.

Foi um momento realmente crítico. Precisei manter à distância o choque das ofensas, da raiva, a vontade de reagir com violência. Aquele homem largo, de idade indefinível, pescoço grosso, o amplo rasgo dos lábios finíssimos, cuspia veneno com evidente satisfação. Estava tão dominado pela maldade que até o suor e o cheiro que emanava me pareceram envenenados. Entretanto me dei conta de que seria suficiente dar-lhe tempo: quanto mais falava, mais eu me imunizava; mais a lava que me escorria no peito resfriava, mais eu sentia o fundo sofrimento dele. Era professor de direito, se chamava Franco, no início da noite alguém o chamara de Franchino. Tinha uma mancha preta na unha do polegar direito, como se houvesse esmagado o dedo numa porta. Fez grande parte de seu discurso virado não para o público, mas para mim, como se só quisesse certificar-se de que eu estava entendendo quanto me era hostil. Talvez por isso eu tenha registrado a palidez da cara em contraste com os olhos avermelhados, e não a articulação de sua fala. Mas agora, aqui, não importa a qualidade de suas críticas; insistiu com fórmulas cada vez mais agressivas num único conceito: se o Estado pagava um salário de merda aos professores, os professores deveriam retribuir com serviços de merda. Todo o resto derivou daquela premissa. Acima de tudo, concluiu que todos os que pregavam a necessidade de um trabalho comum de qualidade — eu, por exemplo — eram servos. Um servo — disse, cravando-me os olhos vermelhos — de diretores, superintendentes e ministros, um servo da máquina que explora o sangue de qualquer tipo de trabalho, retribuindo a ele com quase nada. Nesse ponto se calou, foi muito aplaudido e, surpreendendo a todos, sobretudo a mim mesmo, até eu o aplaudi, enfaticamente, sendo o último a parar. O homem me olhou incerto, enxugou a boca reluzente com o dorso da mão, deu um sorriso pérfido, conferiu o relógio de pulso que havia deixado na mesa meia hora antes e disse, mas sem se desculpar: falei demais.

Ainda bem que falou demais, pensei com sincero alívio. Ainda bem, porque se tivesse falado apenas cinco minutos sairíamos na porrada. No entanto, naquela longa meia hora, tive a oportunidade de perceber sua infelicidade. Era uma infelicidade que eu conhecia, a do indivíduo — um espasmo da matéria viva em forma de organismo humano — diante de um dispositivo mal projetado, mal realizado, mal reformado — a sala de aula, a escola, o ensino —, que em tese parece corrigível, apenas um pequeno defeito, e depois se alarga ao conjunto da instituição escolar, à família, à organização da vida coletiva em todas as suas formas bastante precárias. Aquela infelicidade me tocou, tive quase medo de me comover quando, depois do aplauso da plateia a Franchino, tomei a palavra e me ocorreu declarar que concordava com ele, concordava até com as críticas ferozes que me haviam sido dirigidas, e de contar a todos, com palavras minhas, o desespero que eu acabara de reconhecer. Terrível, sintetizei em poucas palavras páginas e páginas de meus dois livros, terrível e desolador ter a responsabilidade sobre vidas que estão desabrochando e sentir que demandam tudo de você, sem que lhe seja dado nada, e saber todo dia que ninguém o escuta. Você relata seu mal-estar por escrito às instâncias competentes e ninguém o lê, denuncia as más condições de trabalho e ninguém faz nada, grita e ninguém ouve, tudo continua como está, não resolvido, na sala de aula e no mundo, de modo que você fica esgotado e acaba dizendo que se lixe, que venha a catástrofe, que tudo se destrua, quando batermos no fundo do poço sentiremos o choque, e então finalmente haverá uma centelha, ferro contra ferro, e cada coisa vai pegar fogo, e aí vamos reconstruir tudo como se deve. Mas enquanto isso a vida vai passando nessa espera, e passa cada vez mais rápido, a nossa e a dos meninos que desfilam à nossa frente ano a ano, e o fundo do poço nunca chega, mas a degradação, sim, a velhice, sim, a morte, sim, mas o fundo, não; no pior dos casos, não tem fim. Por isso, concluí, digo a vocês como vejo as coisas. Não estou a fim de constatar que os melhores seriam os melhores independentemente de eu ser seu professor, e que os piores continuam os piores mesmo sendo eu seu professor. Salário de merda ou não, apocalipse iminente ou não, quero aqui dizer humildemente que me sinto menos triste — sim, menos triste — se me esforço para que aqueles que de todo modo fariam bem façam melhor graças ao meu trabalho, e para que aqueles que de todo modo fariam mal aprendam graças a mim a fazer bem. Não pretendo reduzir-me com meus alunos ao grau zero da instrução. Seres humanos reduzidos a aorgh, uah e vu vu vu não prometem nada de bom. Portanto, caro colega, vamos tentar manter à distância essa nossa infelicidade e reagir, não é com grunhidos que se fazem as revoltas ou, se preferir, as revoluções etc. etc. Prossegui assim, claro, sintético, não mais de quinze minutos, muitas vezes tocando o braço daquele professor de direito que me detestava, Franchino, a certo ponto pegando até sua mão, a mão que tinha o polegar visivelmente machucado. Me sentia seu colega de turma desde a primeira infância, enclausurados desde então na sala de aula como numa cadeia, vítimas da mesma e idêntica reclusão. Foram quinze minutos realmente esplêndidos, em que me senti aderente à verdade das coisas, o coração pulsando. Quando me calei, sobretudo as mães de família e os estudantes demonstraram concordar comigo.

Já Franchino levantou bruscamente e se afastou, parecia irritado até com o círculo de seus apoiadores. No meu íntimo torci para não tê-lo ferido nem de leve, aliás, quando terminou a conversa com mães, pais e avós, trabalhadores que temiam pelo futuro de seus filhos e netos, passei ao lado dele de propósito e o cumprimentei com um aceno cordial. Percebi que ele deve ter achado o gesto inverossímil. Eu? Um cumprimento? A ele? Lançou-me um olhar atônito, uma espécie de sobressalto a meio caminho entre a hostilidade sombria e a ânsia de me dizer algo ali mesmo, qualquer coisa, para que aquela hora em que falamos ao público, lado a lado, não passasse sem um adendo ainda que vago, umas palavras fora da cena.

— Está indo?
— Estou, já é tarde.
— Espere um momento.
— Tudo bem.

Pegou o sobretudo e me acompanhou na rua até o carro. Falou baixo:

— Você ficou incomodado.
— Com o quê?
— Exagerei e nem sei por que fiz aquilo. Há muitíssimo tempo sinto um grande mal-estar, mas acredite, eu não sou assim, ou pelo menos não queria ser, e esta noite, enquanto você falava, me perguntei durante todo o tempo: o que me levou a dizer o que eu disse, a falar como falei, qual o motivo? Me desculpe.

— Não tem de que se desculpar, você disse coisas que me fizeram refletir.

Conversei com ele sem truques retóricos, ou pelo menos assim me pareceu no momento, e me senti bem. Senti como se fossem meus até mesmo o lamento dele, a confusão do arrependimento, e fiquei contente. Apertei a mão de Franchino, dei a ele meu número de telefone e disse: apareça, vamos nos ver, vamos combinar uma ocasião de discutir mais um pouco.

Enfim, saí daquela noite não só satisfeito comigo, como agora costumava acontecer, mas também com uma sensação de estabilidade. Sempre tive medo de que aquela adesão às minhas falas — nenhum dissenso, nenhuma divergência — fosse frágil, como Teresa não parava de me repetir. Contudo, depois daquela última experiência, me pareceu muito improvável que eu pudesse voltar a ser como era antes, desconexo, impreciso, canhestro, bisonho, se necessário traidor. Pensei até que a ameaça-salvação constituída por Teresa fosse apenas um modo fantasioso de manter o contato entre nós, mas que de fato não tivesse nenhuma influência sobre nossa natureza, quase com certeza não sobre a minha. Por fim cheguei a me dizer — fato inteiramente novo — que talvez, por motivos nos quais preferia não pensar, eu tivesse formado uma visão equivocada de mim desde a infância, que eu sempre fora potencialmente votado para o bem e que apenas tomara um desvio na primeira parte da vida, como acontecia a qualquer um, aos pequenos e aos grandes homens, nada de grave, e depois se acabava retomando o trilho certo. De modo que — prescrevi a mim mesmo, escrevendo sobre isso para Teresa como se de fato ela fosse uma esposa amadíssima, a quem se confia todo pensamento ou sentimento —, a partir de agora, meu objetivo não era manter pura e simplesmente a via justa, cuidando de não descarrilar, coisa que já não me bastava; agora eu queria ser para sempre como tinha sido naquela salinha de periferia, um eu perfeito, tão bem coeso a ponto de coincidir comigo de modo absoluto.

24.

Busquei ser fiel a esse propósito. Entretanto Nadia, em conluio com Tilde e Itrò, e coadjuvada sobretudo pela esposa deste, Ida — uma pianista de razoável qualidade técnica, mas de raros compromissos de trabalho, magérrima, sempre vestida de preto como se já fosse viúva —, fez de tudo para mudarmos de casa. Minha mulher se tornara definitivamente outra pessoa: a princípio, emergiu tímida das três maternidades para depois se transformar com crescente determinação numa mulher cheia de energia, cordialíssima com meus amigos e conhecidos, pronta a exibir um espírito prático. Graças a ela deixamos o apartamento nos confins da Nomentana e alugamos outro, no Lungotevere Flaminio, a poucos passos da luxuosíssima casa dos Itrò. Depois dos incômodos iniciais, tudo seguiu da melhor forma possível, e até Emma, Sergio e Ernesto, que tinham sofrido com a mudança, se convenceram de que nossa situação tinha melhorado. Agora morávamos numa casa luminosíssima. Os dois meninos compartilharam um belo cômodo espaçoso, Emma teve um quarto só para si, pequeno. Nadia escolheu um cômodo que dava para o Tibre e fez dele seu escritório; e eu fiquei com uma varanda de pequenas proporções, voltada para um terraço além do qual o olhar topava ou com antenas, telhados e chaminés, ou mergulhava num pequeno pátio que era um poço profundo e escuro.

Por um tempo continuamos ensinando em nossa escola de periferia, mas que agora ficava fora de mão. Precisávamos acordar às cinco e meia ou até antes, por causa da complexa organização familiar. Mas Itrò se empenhou de coração e logo achou um meio de nos transferir: a mim, para um prestigioso colégio do centro; a minha mulher, para um instituto técnico ao lado de casa. Assim foi que, com certa melancolia, deixei para sempre a escola onde ensinei desde os vinte e quatro anos, onde conheci Teresa adolescente, onde fui seu professor por três anos, onde encontrei Nadia quando ela ainda sonhava em lecionar na universidade.

De início fui acolhido na nova sede com gentileza, depois com hostilidade, por fim, rápido, muito rápido, com simpatia. Naturalmente a inimizade durou em alguns professores e pequenos grupos de estudantes; aliás, tendia a acentuar-se quando eu publicava algum artigo em que me batia com quem, de modo programático ou por insuficiência pessoal, em todos os graus da hierarquia, trabalhava ou estudava com desleixo. Mas logo aconteceu um dos tantos fatos que na época surpreendiam sobretudo a mim. Quando eu já havia me esquecido dele, um dia Franchino me ligou. Saímos, bebemos uma cerveja juntos, batemos longos papos e, a partir de então, ele passou a dar as caras semana sim, semana não. Ficamos muito íntimos, às vezes ele até aparecia no colégio. E foi justamente no colégio que descobri como ele era popular, queridíssimo por seu engajamento político-sindical, justamente entre aqueles que, se eu desse algum motivo, me atacavam com dureza. Esses mesmos ficaram espantados ao ver que Franchino se dignava a conversar comigo no saguão. Um deles se aproximou com ares respeitosos e ficou ouvindo; depois outro me perguntou desconcertado: você o conhece, são amigos? E por um tempo houve certa confusão. Quem eu era? Um reacionário, um companheiro de lutas, um companheiro de verdade? Alguns logo se apressaram em me mudar de escaninho em seu armário político-cultural, outros só me atribuíram um lugar mais digno quando Franchino, com poucas palavras generosas, manifestou em público seu apreço pelo que eu escrevia e por mim. Por isso me vi rapidamente à vontade na nova escola e, devo dizer, em ótimas relações com meu ex-detrator.

 Nas cartas que continuávamos trocando, falei muito de Franchino a Teresa. Ela, por sua vez, me fez lembrar o final desastroso de minhas grandes amizades do passado. Eu mesmo lhe contara como rapidamente se desenvolveram e como igualmente terminaram; aliás, em dois casos ela fora testemunha tanto do primeiro quanto do segundo movimento. E tinha razão, aquele apego de Franchino a mim não era uma novidade, desde sempre suscitei em ambos os sexos uma necessidade de ligação indissolúvel. Desde a infância eu era considerado indispensável, os colegas de brincadeiras, os amigos, todos pretendiam exclusividade, tornavam-se insistentes. Mas depois acontecia o quê? Era como se todos, cada um a seu modo, se assustassem com a força da ligação e de uma hora para outra, de tão presentes que eram, se tornassem sombras da memória. As garotas faziam um drama, boa parte de minhas relações sentimentais acabou em separações dolorosíssimas. Já os rapazes diziam bruscamente, sem um motivo evidente: melhor não nos vermos mais.

Essa linha de tendência me ferira, sempre a temi. Me sentia tratado como um livro que primeiro entusiasma e depois, pouco a pouco, não satisfaz as expectativas ou até toma um rumo incômodo. Minha mãe — digo minha mãe — não se comportara do mesmo modo? Eu era seu filho predileto, mas numa família em que o afeto não era suficiente para espantar a angústia. Meu pai a considerava infiel — tinha essa obsessão — e sempre gritava isso na cara dela; ela, por sua vez, respondia aos berros: não é verdade, você é maluco, está vendo o que não existe. Eu sentia tanta dor pelo sofrimento de ambos que rapidamente me adestrei a distanciá-los, a fazê-los desaparecer, a anular meu amor por eles e, sem me dar conta, por qualquer um. Já aos oito ou nove anos — lembro bem — meus pensamentos eram gélidos. Se ela é uma puta, dizia a mim mesmo, ele não deve se limitar a gritar, precisa matá-la; e, se não for, ele deve parar de atormentá-la, ou então eu pego a faca de pão e o mato enquanto ele dorme. Via o sangue ora de um, ora de outro, mas sem emoções, de longe. Uma vez, na cozinha, em nossa cozinha miserável de Nápoles — anos 1940, início dos anos 1950 —, minha mãe leu alguma coisa em meus olhos, ou talvez num trejeito da boca, e me disse que eu a assustava. Assustava? Eu? Eram eles que me assustavam. Quanto sofri por aquela frase, e contudo comprimi aquela dor no peito até sufocá-la. Às vezes eu rondava minha mãe para ver se ela me fazia um carinho, mas não me lembro de que tenha feito.

Mas agora — nos anos 1980 — ninguém mais queria se afastar de mim. Meus três filhos me solicitavam continuamente, as pessoas continuavam lendo o que eu havia escrito e escrevia, Itrò tinha afeto por mim, Tilde gostava de mim, minha nova casa acolhia jovens e velhos, homens e mulheres, todos admirados, cada qual com dificuldade de se despedir. E Franchino — ele, que no passado me detestara — não me largava mais. Quando vinha em casa, tinha o hábito de demorar-se pelo menos uma hora a mais do que os outros convidados. Uma vez ele me disse em tom confidencial:

— E as mulheres? Sabe quantas amantes eu teria se fosse você?

— Eu não tenho amantes.

— Nunca?

— Nunca.

— Nem uma dessas senhoras ou jovenzinhas que vivem ao seu redor?

— Nenhuma, sou fiel à minha mulher.

Ele me olhou por um longo instante, interrogativamente, indeciso se faria ou não aquela pergunta.

— E sua mulher? — indagou por fim.

— Minha mulher o quê?

— Sua mulher é fiel a você?

25.

A pergunta não me agradou. Nadia fazia de tudo para ser coerente com o quadro que ia tomando forma à minha volta, e eu o apreciava, mas havia nela um excesso de solicitude que me incomodava. Diria que ela insistia tanto em sublinhar o bom êxito de nossa vida que de vez em quando eu pensava: está mentindo a si mesma, não acha de modo algum que as coisas estejam indo bem. Num dia ela estava feliz por meus contínuos sucessos, no outro parecia que a possibilidade de colaborar, sei lá, com um grande jornal significaria para nossa vida familiar um problema que apenas ela notava, e eu, obtusamente, não. Então passei a evitar tanto suas alegrias quanto seu mau humor, até que de repente ficou claro que ela só apreciaria de fato aquela minha extraordinária ascensão se eu continuasse sendo, contraditoriamente, o obscuro professor por quem se apaixonara.

Para dizer de modo mais claro, minha mulher estava preocupada com o que eu estava me tornando. Seu antigo alarme em relação às novidades que cada vez mais me afetavam se acentuara. Ela considerava meu sucesso um perigo para nosso casamento, um perigo para os filhos e, acima de tudo, um erro que eu estava cometendo contra ela: eu, que nunca tive ambições, tinha sido premiado pelo destino, e ela, que cultivara várias, havia sido jogada para trás sem poder me provar que, em seu campo, era uma pessoa de qualidade. Dizer o quê? Era como se Nadia não sentisse nenhuma condecoração no peito e, por isso mesmo, quisesse arrancá-las do meu para evitar que nossa relação se desequilibrasse demais e se arruinasse. Às vezes parecia que ela me vigiava apenas para constatar que eu terminara desmerecidamente em vantagem. Se ela não fazia tão bem seu trabalho como eu fazia o meu, se não conseguia se apresentar em público com a simpatia com que eu me apresentava, se até Emma, Sergio e Ernesto gostavam mais de mim, era culpa da auréola de santinho que eu insistia em levar na cabeça. Sentia que ela era ora agressiva, ora carinhosa, ora fria, ora arrebatadora, e sofria com os sofrimentos que sua instabilidade lhe causava. Entretanto, eu tinha tantas coisas a fazer que nunca achava tempo de atenuá-los.

Mas deixar correr nunca faz bem, e a certa altura tive de me dar conta de certos comportamentos insólitos dela. Por um antigo hábito, eu falava bastante das pessoas que apreciava, e ela, na maioria das vezes, prestava pouca atenção. No entanto, a partir de certo ponto, bastava que eu correspondesse a qualquer admirador meu com uma estima equivalente para que ela prontamente o considerasse merecedor de mil atenções. Quem entrava nesse cânone acendia a curiosidade dela, que passava a se embelezar para ele, a entabular conversas longas e animadas, a rir muito e a escutá-lo observando-o com olhos devotos. Não era preciso que o recém-chegado tivesse um fascínio fulgurante, a coisa aconteceu até com Itrò. E Itrò ficou maluco, não podia acreditar que de repente, depois de anos de convívio, aquela mulher bonita e inteligente lhe prestasse tanta atenção, quisesse passear com ele, magrelinho, cabelos ralos na cabeça, meio claudicante, ir ao cinema, ao teatro, a algum concerto. Diante da súbita familiaridade entre os dois, a negra sra. Itrò se tornou ainda mais negra, passou a tiradas pungentes e esperou com paciência que eu afastasse do flanco frágil de seu marido o flanco macio de minha mulher.

Mas não movi um dedo. O que você vai fazer — me escrevia Teresa com ares debochados —, enfrentar o mirrado pedagogo, esbofeteá-lo, desafiá-lo a um duelo, aguardá-lo na sombra para cortar sua garganta? Raciocine. Itrò persegue sua mulher apalpando-a contra a vontade dela? Não. Por outro lado, ainda que o fizesse agora mesmo, enquanto você lê esta carta, quer realmente implicar com ele? A culpa dele seria a mesma que você cometeu cem vezes no passado com mulheres comprometidas ou casadas, até quando estávamos juntos e você me devia fidelidade. Portanto fique quieto, relaxe, se dê conta da situação: com toda probabilidade, sua mulher está pronta a ir para a cama com qualquer um que o aprecie, só para lhe demonstrar que apreciam mais a ela do que a você; já seus admiradores estão prontos a ir para a cama com sua mulher só para se sentirem menos humilhados pelas grandes qualidades que despropositadamente atribuem a você.

Como sempre, frases irônicas, com frequência sarcásticas, que Teresa lançava por provocação. Mas no momento as levei a sério e achei que ela tivesse razão. Nadia não estabelecia intimidade com qualquer um que aparecesse, mas só com quem eu frequentava e a quem demonstrava apreço, gente aliás sem nenhum atrativo físico, estudiosos consumidos pelo estudo, professores esgotados por seus ousados experimentos didáticos. Olhe o que aconteceu com você, me escrevia minha ex-aluna com sarcasmo, você, um homem de um metro e noventa, de abundante cabeleira loura, a floresta do sexo também dourada, olhos azuis de cílios longos e misteriosamente escuros, você agora é tão amado e desejado que, para retê-lo, para tê-lo, a gentinha se deixa penetrar e o penetra por interposta pessoa.

Mas a tese durou muito pouco, foi a própria Teresa quem a derrubou. De fato, ela mudou de registro e me escreveu: chega desses psicologismos de especialistas em nada, como de costume o problema grave é você. E continuou: você sempre disse que não era ciumento, mas mente, mente sem nenhum pudor, você quer o direito de trair só para si, e ai de quem te trair, só a hipótese te deixa louco, acha que não me lembro de como me atormentou? E aí começou a defender minha mulher: Nadia quer apenas ser simpática e acolhedora, mas você é doente da cabeça e vê o que não existe, fique atento.

Em certas cartas ela realmente tentava me ajudar a enfrentar a situação com equilíbrio, mas em outras se enfurecia, me ameaçava, as linhas de além-mar me atormentavam como a voz de um espectro cruel. Foi durante aquela gangorra confusa que me voltaram a infância, a adolescência, os piores momentos de minha vida passada, e que se reapresentou uma malcontida aversão por mim mesmo. Vou fazer o que é preciso ser feito, me peguei pensando, vou arranjar uma amante, à traição respondo com traição. Mas logo me deprimi, expulsei aquele propósito, me exortei: que se lixem os boatos, o que muda se eu aplicar a lei de talião?, o problema é se Nadia realmente me trai ou não. Assim, diante de meus olhos que funcionavam como lentes de aumento, começaram a passar gestos amigáveis, frases afetuosas, atenções excessivas, um desejo que se camuflava por trás de tons cordialmente alegres. Contudo, provas evidentes de adultério, zero. Certa vez em que eu estava fora de mim, escrevi a Teresa: se descubro que Nadia me trai, reticências. Recebi uma longa carta divertida, em que ela me dizia resumidamente: explique-se, o que significa essa elipse, quer dizer que, se ela te trair, você vai matá-la? Talvez sim, respondi logo em seguida, quando eu era pequeno sugeri isso a meu pai, sem usar palavras; por que não deveria sugerir o mesmo a mim, que já sou adulto? E Teresa, depois de tanto tempo que isso não acontecia, replicou, dessa vez sem tons jocosos, sem sarcasmos, sem provocações, mas séria: não ouse nem pensar nisso, se não, sabe bem o que lhe acontece.

    Sim, eu sabia. Adestrei-me em contemplar aquele frenesi de Nadia sufocando reações arriscadas. Entretanto temia que, de tanto me reprimir, voltasse a impassibilidade da infância tardia, quando minha mãe corria pela casa gritando que queria se atirar da janela, meu pai a perseguia cobrindo-a de insultos, e eu conseguia recortar — sem me distrair um segundo sequer — figuras de papel, desenhando depois sobre elas, metodicamente, olhos, bocas, camisas xadrez, calças, botas e cinturões com pistolas de caubói, como se não estivesse acontecendo nada à minha volta. Não, esse retorno me assustava, eu queria buscar um novo equilíbrio, queria refletir. Tinha imposto a mim mesmo continuar sendo um marido confiável, Nadia talvez estivesse se transformando numa esposa inconfiável. Mas eu de fato podia opor com um bom motivo minha fidelidade às possíveis infidelidades de minha mulher? Não. Minha fidelidade não dependia do amor por ela, mas — admiti a mim mesmo — era o efeito de outra, mais robusta fidelidade, que eu dedicava a Teresa. De fato, quanto mais o tempo passava, mais eu tinha a impressão de manter com aquela mulher distante, que havia anos eu não via, uma forte ligação. Agora dizia para mim, por brincadeira, que ela era minha consorte fantasmática. Nadia era o quê? Uma senhora nostálgica daquilo que eu fui e que, para não se sentir esmagada por meu peso atual, dava peso aos outros. Já Teresa não me deixava um minuto. Embora viva, ativa e com uma experiência de sucesso em vários continentes, ela não se distraía, me mantinha constantemente no torniquete, e me alisava, escovava, me dava torrões de açúcar, fazendo-me espumar e, desse modo, visando a fazer de mim o homem perfeito que tantos anos antes ela teria querido e que não fui.

Por outro lado, o fato é que eu era o marido de Nadia, e em certos momentos esse fato me fazia sentir ridículo como todo marido, além de me causar uma dor tão forte que eu me sentia cada vez mais bambo, como se fosse um móvel devorado por cupins. Certas conversas nossas me faziam mal, eu tinha vontade de sair batendo portas, quebrando coisas, e no final só consumia a mim mesmo.

— Onde você esteve?
— Na livraria.
— A livraria aqui de baixo?
— No Trastevere.
— Quatro horas na livraria e vestida para um cabaré?
— Teve a apresentação do livro de um amigo de Stefano.

Stefano naturalmente era Itrò, que todos em casa chamavam pelo sobrenome, até as crianças: só Nadia, recentemente, passara a chamá-lo pelo nome com uma espécie de regozijo lânguido.

— Por que você não me contou?

— Achei que soubesse.

— Não sabia. Mas, se você tivesse dito, poderíamos ter ido juntos.

— Talvez Stefano tenha querido convidar só a mim.

— Ou talvez você quisesse ir sozinha.

— E se fosse isso? Pelo menos uma vez na vida me dê um pouco de espaço, por favor.

— Dou até demais.

— Você? Você ocupa todos os cantos, eu nem posso ter vida própria.

— O que é uma vida sua? Uma vida sem mim?

— Agora você também é ciumento?

— Ciúme de Itrò? Sem gozações, Itrò é meu pai.

— Você sempre odiou seu pai.

— Mas o que é isso? O que você sabe de minha infância, de minha adolescência. Mas deixe para lá: como foi a apresentação?

— O autor era um bocó, mas Stefano foi magnífico.

— Obviamente.

— Claro.

A certo ponto achei que deveria fazer alguma coisa, se não quisesse desmoronar. Então, para começar, parei de generosamente atribuir méritos a qualquer um, sobretudo na presença de minha mulher. Eu era agora tão irrepreensível em minhas manifestações que intimidava a mim mesmo, a meus próprios pensamentos, e assim me deixei levar algumas vezes por comentários ferozes, por falatórios maledicentes, até em relação a Itrò, por quem afinal de contas eu tinha afeto. Nesse meio-tempo aprendi a embaçar minha vista. Em geral eu via longe, vasculhava sem cessar, quase sem me dar conta, dentro de mim e atrás dos rostos alheios. Todavia me forcei a um pouco de cegueira, para que eu me sentisse melhor, para permitir aos outros, a Nadia, se sentirem melhor. Mas dizer o quê?, eu era um homem de sorte. Certos juízos cortantes, temperados por uma cara de paisagem distraída e bonachona, geraram em torno de mim ainda mais afeto, ainda mais respeito. Naquela fase, principalmente Franchino se apegou a mim como nunca. E logo Nadia se apegou a ele. Foi diante dela que, numa tarde, Franchino me propôs entrar no pequeno e aguerrido partido de esquerda do qual ele era um dos expoentes. O projeto — me explicou — era que concorrêssemos juntos nas próximas eleições políticas.

— Que bela dupla — exclamou Nadia.

Dois botões de sua blusa estavam desabotoados, e olhei sisudo para ela. Fingiu não sentir sobre a pele do seio meu olhar de reprovação.

26.

A dor daquele período me abateu, temi esfacelar-me em minúsculas partículas repugnantes. Entretanto tudo ia cada vez melhor, na escola, em minhas atividades públicas, nos debates sempre lotados e sempre inflamados, até no complicado processo político que me conduziria — como Franchino torcia, e talvez eu mesmo torcesse, já que tivera um ótimo desempenho num debate televisionado — ao Parlamento. Mas não tinha jeito, o incômodo continuava em algum canto, pronto a ganhar terreno de novo. O que havia de verdadeiro — verdadeiro no sentido de que eu acreditasse absolutamente, não como alguém que lê um romance ou vê um filme com total adesão, mas sabendo que se trata de ficções — em meus pensamentos ou até em minhas mãos, nos dedos, em minhas pernas cruzadas enquanto escrevia o enésimo texto sobre os destinos da escola, sobre os efeitos devastadores da desigualdade, sobre o afeto como a forma mais eficaz de pedagogia?

Numa manhã em que estava um pouco febril e não fui à escola, sentindo-me sem ânimo, olhei o terraço além dos vidros de minha minúscula varanda, os telhados, os pombos, as gralhas, o céu. Estava nublado, busquei um pensamento reconfortante, e aí me ocorreu: até agora correu tudo bem, mas foi sobretudo com meus filhos que de fato me saí mais convincente. Mas o pensamento não me levantou. De que, afinal, eu tinha convencido Emma, Sergio, Ernesto? Eu os persuadira de uma verdade ou de uma mentira? Estava me congratulando comigo porque me manifestara particularmente bem com eles ou porque me ocultara particularmente bem?

Torci para não ter mais nada a esconder, eu era definitivamente um bom homem, embora com Teresa eu precisasse ficar sempre atento, havia o perigo de que ela surgisse e desmanchasse tudo, como acontece com as figuras desenhadas a giz nas calçadas quando a chuva cai e os passantes borram as cores com seus sapatos, água e sujeira. Algum tempo atrás ela me havia agredido porque eu lhe confessara imprudentemente minha repulsa por Franchino e por Nadia. Respondi começando a explicar minhas razões, mas depois me exasperei e escrevi: você não pode me criticar até pelas fantasias, às vezes você me irrita tanto que nem quero mais cortar a garganta de minha mulher, mas pegar um avião e ir aí cortar a sua. Nenhum comentário, durante semanas. Nada grave, Teresa nunca escrevia muito e costumava desaparecer bastante. Por fim sua carta chegou e detonou uma briga feia, aparentemente não por meu desabafo sanguinário, mas por uma bobagem. Ela me anunciara tempos antes que faria um ciclo de conferências na Europa, e eu lhe respondera: me diga onde vai estar que vou encontrá-la. Foi isso que a fez se insurgir: que tom era aquele, encontrá-la para quê, com que propósito, quem eu era para ela, quem era ela para mim, você tem sua vida e eu a minha, quer o quê, como se permite me ameaçar, entre mim e você não só não há amor, mas nem sequer ódio, entre mim e você não há nada. E não me escreveu mais.

Agora eu sentia falta dela, falta especialmente nos dias de abatimento, como naquela manhã de febre e pensamentos desordenados. Parara de fumar havia pouco, não tomava mais café, não bebia nem o costumeiro copo de vinho no jantar. As pequenas privações se tornaram uma maneira de me manter vigilante, sobretudo quando de repente pensava em minha história — e não tanto no que me acontecera, em minha realização satisfeita, mas em meu estar conscientemente em vida, no eu, se assim se pode dizer, esse pronome pessoal caído na engrenagem do universo como um parafuso — e me perguntava qual o sentido daquele meu governar a vida, educá-la, instruí-la, que vantagem terrena ou prêmio celestial me recompensaria por tê-la refinado com tanto esforço, e me vinha o sono. Olhei o relógio, eram onze e trinta e cinco, Nadia e os meninos estavam fechados nas salas de aula. Soprava um vento de outono, saí ao pequeno terraço mesmo sentindo frio. Dei uma olhada no céu de nuvens brancas com rasgos de sereno, depois olhei para baixo me inclinando. Quem sabe onde Teresa estava, em qual cidade do mundo. Sim, até aquele momento eu tinha sido um homem de sorte, e grande parte de minha sorte derivara dela, que no entanto me assustava cada vez mais. Pensei: e se agora ela surgisse e me desse um empurrão?

Segundo relato

1.

Eu sou um problema. Por causa de meu caráter, pela educação que recebi e pela profissão. Essas três coisas juntas afugentaram ao longo dos anos dois maridos, me propiciaram um amor tépido e um ódio sempre abrasador de minhas quatro filhas — tive apenas mulheres —, me transformaram na cruz de todas as redações em que trabalhei e na delícia dos leitores que amam jornalistas na trincheira. Entendi que seria mais uma vez uma complicação quando uma pessoa querida, de quem não revelo o nome nem o cargo público, me informou que haveria um dia nacional dedicado à escola de todo tipo e nível, e que uma comissão criada especialmente pela presidência da República estava elaborando uma lista de professores a fim de premiar três deles na ocasião.

Devo admitir que, caso se tratasse apenas de uma iniciativa publicitária de nosso governo, eu não teria dado bola para a notícia. Mas o evento envolvia o próprio presidente, uma pessoa que admiro e que encarna uma das raras velhices masculinas que me comovem. Além disso, logo me veio o orgulho de ser filha de dois professores que, com exceção de mim e de meus irmãos, botaram para cima com bravura um número considerável de garotos e garotas fadados, sem eles, a serem meros cabeças ocas. Então respondi àquele meu amigo:

— A lista já está pronta?
— Não sei.
— Pode se informar?

— Vai ser difícil.
— Me faça esse favor.
— Vou tentar.
— Se houver uma lista, eu quero.

Ele se informou e em poucas horas me entregou uma lista de vinte e oito nomes. Passei os olhos nela com curiosidade, talvez até com certa apreensão, e descobri que havia de tudo ali: mães de políticos e de atores famosos, pais de cineastas e de escritores, tias de ilustres chefs da TV, só meus pais que não. Foi aí que minha natureza de encrenqueira se ativou e massacrei meu informante com uma saraivada de intenções belicosas. Ele ficou meio irritado, quando nos despedimos ele ainda insistia: eu sempre te apoiei, Emma, mas não dá para bancar a louca por qualquer coisa; de todo modo, se quiser meter alguém numa roubada, me deixe fora disso.

Aquele tom me deixou mais furiosa ainda. Lista na mão, verifiquei que de fato, afora duas pessoas notórias que realmente tinham feito coisas memoráveis pela escola, todos os demais tinham o único mérito de ter posto no mundo ou de serem parentes de charlatães pretensiosos e de divas do momento. Então peguei o telefone e liguei para a secretária do presidente. Luisa, a pessoa com quem eu costumava tratar, não estava, e quem me atendeu foi um tal que nunca vi na vida. Falei: tenho aqui comigo a lista de pseudoprofessores preparada por vocês, e é uma vergonha, está faltando Pietro Vella. O papagaiozinho do outro lado me perguntou: quem é Pietro Vella? Disse que me passasse imediatamente para o presidente. Ele respondeu: o presidente não tem tempo a perder. O presidente — repliquei — não é um imbecil como o senhor, ele sabe quem eu sou, com certeza me atenderá; de todo modo, ou me passa agora ou amanhã sua lista vai estar nos jornais. Então, em vez de esperar uma resposta, interrompi a chamada; sei bem como lidar com gente assim.

Dois minutos depois Luisa me ligou, pediu desculpas e disse gentil: Emma, quer falar comigo? Expliquei a ela que eu não estava nem aí para a lista dos vinte e oito, botassem quem quisessem, mas me parecia totalmente legítimo que, entre os três docentes que abrilhantaram a escola italiana, estivessem não digo meus dois genitores, mas pelo menos meu pai, que agora, é verdade, já tinha seus oitenta anos, estava aposentado havia uns quinze, mas fora um professor muito conhecido, muito querido, e escrevera dois ensaios bem importantes sobre a escola.

— Como seu pai se chama?
— Luisa, não banque a esperta: se chama Vella, como eu.
— O nome.
— Pietro. E não me diga que não o conhece. Você tem sessenta anos, deve se lembrar dele.
— Claro que me lembro, mas o tempo passa, as coisas mudam, e se hoje me dizem Vella eu penso em Emma, não em Pietro. Mas me refresque a memória, ele escreveu livros?
— Dois, muito lidos.
— Vou anotar o nome e ver se o acrescentam à lista.
— Então a lista dos vinte e oito vai ter vinte e nove?
— Vai.
— Luisa, meu pai tem o direito de ser um dos três premiados.
— Para isso haverá uma seleção, o próprio presidente estabeleceu os critérios.
— Passemos aos critérios.

Ela os enumerou, e eram objetivamente rigorosos. Além disso — me explicou para concluir, provavelmente lendo algum ofício —, considera-se decisiva a presença na cerimônia de um ex-aluno ou ex-aluna de comprovado prestígio: essa pessoa deverá se pronunciar em louvor de quem a instruiu e educou.

Fiquei em silêncio por uns segundos e então disse:
— Já ouviu falar de Teresa Quadraro?

— A cientista?

— Exato, essa você conhece. Ponha meu pai na lista, ele foi professor dela.

2.

Luisa sempre teve de lidar com gente bem mais poderosa e prepotente do que eu, e não se deixou intimidar. Por outro lado, para ser sincera, eu mesma logo me envergonhei por ter engrossado a voz com ela. O que me motivara era evidentemente um interesse privado não distinto daquele de filhos e netos que haviam imposto os nomes de pais e avós naquela lista. Por fim, a ligação se encerrou com declarações recíprocas de estima, eu me desculpando pela impetuosidade, mas desejando uma aplicação séria dos critérios de seleção, ela me solicitando uma ficha sobre meu pai e prometendo apoiá-lo junto à comissão julgadora.

Passei um tempo com os olhos vidrados na tela do computador, me sentia mal-humorada. Como de costume, eu tinha agido de modo precipitado. Não deveria ter me exposto diretamente, mas procurado alguém disposto a propor a candidatura de meu pai depois de ter ilustrado seus méritos com autoridade. Em vez disso, me agarrei ao telefone sem refletir e agora dava por certo que Luisa já estava falando de mim do modo que mais detesto: Vella como sempre bancando a doida, se acha não sei o quê, adora dar lições a todo mundo com o dedo em riste, e no entanto conspira e mendiga favores como qualquer um.

Conspirar, eu? Pedir favores, eu? Só faltava que chegasse a meu pai o boato de que eu estava conspirando e mendigando para que ele recebesse aquela ridícula honraria, ele sofreria demais com isso. Mas o que fazer, ficar calada, deixar passar, não lutar para que o mérito fosse reconhecido? Não, disse a mim mesma, por que deveria?, isso também o teria deixado triste.

Ele sempre lutou para que os méritos nunca fossem ignorados, sobretudo aqueles mais ínfimos, que no entanto são fruto de enorme empenho. Por que então não pretender que agora, na velhice, os dele também sejam reconhecidos, que são enormes e de resto indiscutíveis? De fato, eu não precisaria inventar nada nem exagerar em nada. Realmente meu pai tinha sido um professor excelente, era um erro eu me sentir constrangida, era justo defender sua causa. Teresa Quadraro tinha certamente a aura da cientista famosa, e seria uma prova irrefutável do bom trabalho dele. Mas o que dizer de todos os outros alunos, que tinham visitado nossa casa — quase em peregrinação — mesmo depois de formados, por anos, por décadas? Eu me lembrava de muitos, via-os desde menina, adolescente, até quando saí de casa. A gratidão deles me impressionara muito. Eu detestava meus professores, preguiçosos incompetentes com violentas alterações de humor, e depois de formada sempre evitei lhes prestar homenagem, nem que fosse uma única vez e por poucos minutos. Imagine então o efeito que, na época, me faziam aquela longa gratidão, aquela devoção inoxidável. Recentemente me aconteceu de ir à casa de meus pais justo quando um desses ex-alunos que eu via quando menina, um garoto bonito, moreno, agora um homem grisalho de quase sessenta anos, passava para cumprimentar e bater papo com seu antigo professor. Fiquei espiando, ele parecia embasbacado com meu pai como se ainda fosse um menino. Bem, evocar aquela imagem agora, enquanto eu estava diante do computador, foi decisivo. Não mudei de humor, que continuou péssimo, mas de opinião, sim. Fiz muito bem ao explicar a Luisa, com a devida agressividade, quanto aquela questão da homenagem me importava. Aliás, talvez até devesse ter dito a ela que queria um encontro com o presidente. A sério, o mais rápido possível. Não que o conheça bem, só o entrevistei umas duas vezes, anos atrás: uma vez sobre a situação política e a outra sobre o sofrimento. E foi naquela segunda ocasião que estabelecemos um laço. Luisa estava presente, foi ela quem me enviou, depois que a entrevista saiu, um bilhete de agradecimento por eu ter feito bem meu trabalho. Então imagino que, se ela lhe comunicasse: Emma Vella gostaria de falar com o senhor, ele acharia um tempo e lhe diria: tudo bem. Aliás, lá no fundo eu antevia outra coisa boa. O presidente é da mesma idade de meu pai, tem a mesma consistência sólida, o nome Pietro Vella não lhe deve ser estranho. Portanto seria fácil explicar que não se tratava de um capricho de filha, mas o pedido de um reconhecimento de valor objetivo. Meu pai, presidente, foi um colaborador assíduo de jornais importantes. Meu pai, presidente, foi um político apaixonado. Meu pai, presidente, foi de fato chamado a dar sugestões em várias tentativas de reformas escolares, eu poderia listar ao senhor os nomes de muitos ministros da educação enfadonhos, apagados e nefastos que o procuraram.

Parei aqui. Meu pai foi: esse reiterado pretérito perfeito me fez vir lágrimas aos olhos, nunca me ocorreu usá-lo com tanta insistência. Em geral, quando penso nele, penso num infinito presente. É assim até se me lembro de décadas atrás, quando ele estava sempre de saída — viajava com frequência — ou voltava cansado e mesmo assim achava tempo para mim, para meus irmãos. Sua figura jovem, muito alta, clara de uma luz que lhe brilhava como que oculta nos cabelos louros, nos olhos, até nas unhas dos dedos, nunca passou para mim, é um contínuo *agora*, e eu agora sofro de solidão e fragilidade como quando ele partia, e agora me sinto feliz e invulnerável como quando voltava. Mas o fato concreto e indiscutível é que hoje toda a vida de meu pai está no passado, ele se comportou de modo a que o prestígio acumulado não durasse e não o acompanhasse até a velhice. Assim me dei conta de que, se eu não listasse na presença do presidente tudo o que meu pai tinha feito, não se compreenderia nada da vida dele. Logo em seguida, sentada diante do presidente numa poltrona cor de ouro e azul, eu deveria enumerar tudo o que meu pai se recusara a fazer. Com certeza o presidente me perguntaria, ainda que só com o olhar: e por que esse homem de tanto sucesso parou? E me perguntaria por que ele, o presidente, nunca parou, tanto é que hoje é presidente e meu pai, não, se recolheu em casa sem ser nada de nada. Então me seria difícil explicar que era uma questão de moralidade. Meu pai foi o homem mais generosamente disponível do mundo. Ensinar? Ensinar. Escrever livros? Escrever livros. Colaborar com jornais? Colaborar com jornais. Política e disputas eleitorais? Política e disputas eleitorais. Consultoria a ministros esclarecidos ou quase? Consultoria a ministros esclarecidos ou quase. A cada uma dessas atividades ele sempre se lançou de coração gentil e inteligência fina, fórmula que amava muito e que me transmitiu, eu mesma a uso para as raras pessoas que a merecem. Mas, com a elegância de sempre, também recuou ao primeiro desvio, ao primeiro conluio, ao primeiro pedido de concessão servil. E o fez sem soberba, ao contrário, demonstrando grande compreensão pelo sofrimento de todos os que aceitaram sujar-se com o mundo, ou pelo menos manchar-se o necessário, labutando sem nunca ter um prazer que não fosse comum. Presidente, eu deveria dizer, sou filha de um homem extraordinário, cuja limpidez interna jamais se turvou por causa da opacidade de fora, razão pela qual não preside ou vice-preside coisa nenhuma e passa seu tempo estudando, escrevendo, dentro de sua varandinha, ou se ocupa de minha mãe, que, por sua vez, se ocupa amorosamente dele. Meus irmãos e eu o amamos, cuidamos de todas as necessidades dele e de nossa mãe. Quer um modelo de empatia, essa palavra depauperada pela moda que se tornou um elixir contra a ferocidade do mundo, embora seja de fato difícil encontrá-la não adulterada por ficções? O modelo é meu pai, que é empático em altíssimo grau. Nossa vida de filhos é ainda hoje uma tentativa desesperada de nos parecermos com ele, ou pelo menos de não fazer nada que possa entristecê-lo, especialmente agora que está velho.

Mas entendi que aquelas recusas gentis de meu pai eram um terreno minado, que minha exposição não funcionaria. Infelizmente não sou como ele, sua capacidade de repelir o mal é equivalente à de compreendê-lo. Já em mim isso se transformou numa intransigência embarricada, que não dá desconto a ninguém e provoca angústia sobretudo em mim. Portanto o risco, se eu de fato conseguisse falar com o presidente, é que, para não desmerecer meu pai, um homem que saiu de cena para se subtrair ao poder, acabaria sendo deselegante com uma pessoa idosa que nunca saiu de cena e que hoje é investida do máximo posto do Estado. Por isso, melhor entregar a Luisa um currículo claro e seco de Pietro Vella, esperando que ele fosse parar sob os olhos honestos de algum membro da comissão ou até na mesa do presidente. Depois, veríamos. Caso meu pai não terminasse entre os três escolhidos, eles iam se entender comigo.

3.

Preparei o currículo e o anexei ao e-mail para Luisa. Depois aconteceu que tive muito trabalho, e o trabalho me trouxe tantos abacaxis que não só não me ocupei mais da questão, mas nem mesmo me dediquei às minhas filhas, nem ao homem com quem tenho uma complicada relação há alguns anos.

É o mesmo que já mencionei como minha fonte a respeito da lista dos vinte e oito. A última vez que nos vimos, ele disse a mim com um sarcasmo que não me agradou: seu excelente pai foi inserido naquela lista, mas a excelência é um desperdício, os docentes não são mais vinte e oito, se tornaram uns cinquenta. Não me espantei: apostava que as candidaturas continuariam a crescer, a lista ficaria cada vez mais cheia de gente sem méritos, e no final, para evitar conflitos entre pequenos potentados, convocariam um bom número de funcionariozinhos sem paixões a algum salão do Quirinale e dariam uma medalhinha de lembrança a todos. Mas fiquei chateada. Queria que aquela iniciativa conservasse uma dignidade, queria que meu pai fosse de fato celebrado com grandes pompas. E só para começar ataquei Silvio — assim chamarei meu amigo — com um tom ríspido. A vontade de estar com ele sumiu na hora, apesar de não nos vermos fazia um bom tempo, e de eu querer que a coisa andasse bem. "Seu excelente pai", "a excelência é um desperdício", como ele se permitia? Em geral, já faço esforço para relaxar e sentir um pouco de prazer; mas, se algo me aborrece, não tolero sequer um carinho.

— Está de brincadeira comigo? — lhe disse.
— Claro que não.
— Então não ouse mais falar assim de meu pai.
— O que foi que eu disse?
— Deixe para lá.

Tornei a me vestir e, apesar de ele tentar me deter ora de maneira dócil, ora agressiva — me agarrou pelo pulso, sibilando: se você sair por aquela porta, não me vê nunca mais —, fui embora.

Uma vez lá fora, tive uma crise de choro e não consegui me acalmar. Chorei não por ele, que no fim das contas é um homem paciente, o mais paciente que já encontrei, mas pelo cansaço, que, além de um sentimento de confusão, além das dores na barriga e nas costas, me cava um buraco no peito. Eu não me poupo no trabalho, em nada, não consigo manter um pé dentro e um pé fora, dosando o envolvimento. Provavelmente me coube um organismo inferior às tarefas que me imponho, numa dessas vezes vou me estatelar na rua, e me levantarão nas bordas de uma caçamba lotada de outros refugos onde as gaivotas remexem com o bico. Mas este país tem um refrão: não é culpa minha. Nada é dito ou é feito como se deveria, e acabo me sentindo no papel do açoite de cordas que Jesus empunha quando expulsa os vendilhões do templo. Faço um bom combate, é verdade, e não dou trégua. Entretanto, em dias como este, quando não aguento mais, o que me espanta e assusta é que me dá vontade de pegar uma faca afiada não para libertar o templo ou outras instituições que acham que podem tudo, mas para cortar com método cada pequena parte de meu corpo.

Nessa fase de grandes tensões no trabalho, mandei as meninas para a casa de meus pais e passei alguns dias enfrentando problemas. Silvio ligou várias vezes, mas não atendi, e não por rancor, apenas pelo esgotamento. Todavia atendi minha mãe, disse a ela: tudo bem, vou dar uma passada aí, mas queria deixar as meninas por mais uns dias. O fato de minhas filhas estarem frequentemente com os avós me tranquiliza, quisera eu ter a idade delas e voltar a viver naquela casa, estaria melhor. Fui embora aos dezoito anos, me casei aos vinte e dois, mas, por minha gana de vida, não faço parte dos que detestam a família de origem, a própria infância, a adolescência. Adoro minha mãe, e acho que ficou claro quanto amo meu pai. É esta vida de combatente que suporto cada vez menos.

Palavras que disse à minha mãe. Falei de uma vez, quando ela se mostrou preocupada com minha palidez e magreza: aqui eu me sinto bem, lá fora é que estou mal. Depois fui dar um oi às meninas (a primeira tem catorze anos, a segunda, doze, a terceira, oito, e a quarta, cinco: sou uma desmiolada, por que tive tantos filhos?), enquanto minha mãe permaneceu na cozinha. Naturalmente elas estavam com meu pai, segui pelo corredor, escutei a voz dele, bonita, límpida. Parei, a porta do escritório estava aberta. Ele estava sentado numa velha poltrona, podia vê-lo de perfil. A pequena estava em seu colo, as outras três netas estavam sentadas em almofadas coloridas espalhadas no piso. Uma cena que eu tinha visto centenas de vezes. Ele estava contando alguma coisa, ou talvez contar seja errado, estava explicando algo. Fez o mesmo comigo, com Sergio, com Ernesto, e não importava se era sobre um artefato mecânico, uma obra de arte, os movimentos de uma batalha. Ele explicava, e era como se desdobrasse no espaço entre si e as meninas um velho mapa com inscrições, figuras coloridas e paisagens detalhadas. Minhas filhas o observavam em silêncio, gostei especialmente do olhar de Nadina, a mais velha. O rosto marcado e ainda assim muito bonito do avô a fascinava. Confirmei a mim mesma: eu fui assim e gostaria de ainda ser, que pena ter me privado cedo demais de tudo isso. Apoiei o ombro na parede do corredor, pressenti o coro de protestos que haveria se eu irrompesse na varanda como uma inevitável lufada de ar frio. Imaginei as duas maiores com uma careta de fastio; a terceira, que quase com certeza se viraria sibilando: vá embora, mamãe; e a última, dolorosamente indecisa entre o avô e mim. Voltei à cozinha quase na ponta dos pés. Minha mãe disse:

— Nunca dá sossego a elas.
— Elas não têm nenhuma vontade de serem deixadas em paz.
— Vai ver que sim.
— De resto, se ele as encanta, sobra menos trabalho para você.
— É preciso ter muita energia para encantá-las, e seu pai se cansa.
— Não me parece, você o acha cansado?
— Um pouco, mas ele é assim mesmo: se não tivesse ninguém para encantar, se cansaria mais ainda.

Naquele momento meu celular vibrou, era Silvio de novo, saí para a sacada.
— Sim?

— Você continua irritada?
— Não.
— Então por que não atende?
— Estou com medo.
— De quê?
— De qualquer coisa, temo que tudo vá por água abaixo.
— Nós dois?
— Eu disse tudo, não nós dois.
— Preciso lhe dar uma boa notícia.
— Diga.
— Na comissão há um sujeito que é fanático por seu pai.
— Alguém de peso?
— Parece que sim, olhei na Wikipédia e ele fez um monte de coisas.
— Como se chama?
— Franco Gilara. Conhece?

Respondi que não, mas sem ter certeza. Quando encerrei a chamada, voltei para a cozinha com aquele nome na cabeça. Perguntei a minha mãe:
— Já ouviu falar em Franco Gilara?

Ela me olhou com um leve incômodo.
— É sério que não se lembra de Franco Gilara?
— Não lembro.
— Emma, é Franchino.

4.

Conversamos por um tempo sobre esse Franchino. Aos poucos fui recordando que era um dos tantos frequentadores de nossa casa trinta ou quarenta anos antes, gente que na maioria lidava com escola. Espreitando-me com o olhar, minha mãe me perguntou se eu estava interessada em Franco Gilara por questões de trabalho. Fiquei um segundo insegura, mas por fim decidi mencionar a história do dia em homenagem à escola, mas sem entrar em detalhes, como uma simples casualidade. Ficou sombria, e quando seu humor piora ela fica mais curva, parece uma flor com a corola inclinada.

— Se não for uma coisa certa, não diga nada a seu pai.
— Não tenho nenhuma intenção de falar sobre isso com ele.
— Você sabe como ele é, as boas notícias logo o animam, mas, se depois não acontece nada, ele fica mal.
— Como são as relações dele com Franchino?
— Não há relações.
— Por quê?

Franziu o cenho balançando de leve a cabeça e suspirou.

— Seu pai é um ímã. A pessoa fica grudada nele e nem sabe como aconteceu. A partir desse momento, ela necessita cem por cento dele, mas ele, ao contrário, a mantém ali, em meio a mil outras. Se você não quiser sofrer, precisa se afastar à força.
— Ou seja?
— A certa altura Franchino lhe disse que era melhor não se verem mais.
— Então eles têm más relações?
— Não, papai não tem más relações com ninguém, nem com aqueles que não suporta.
— E Franchino?
— Não creio que Franchino tenha mágoa dele: quando se começa a gostar de seu pai, nunca mais acaba.

Enquanto ela falava, me ocorreu outra conversa que tivemos, muitos anos atrás. Eu tinha vinte e quatro anos, estava casada, na época não queria filhos. Fui para a França a trabalho, a uma festa num castelo de um luxo nunca visto. Então bebi muito, fiquei grudada num cara que trabalhava num jornal importante, eu na época não, me esfalfava num jornaleco. O sujeito tinha seus trinta anos, eu o conhecia havia muito tempo. Ele me fez rir a noite toda, eu só bebia e ria, e assim traí meu marido pela primeira vez. E foi bom, uma maravilha, mas não o sexo, não me importo nada ou quase nada com o sexo. No entanto, recordo o superdimensionamento que derivou daquilo. Eu passeava por avenidas arborizadas às sete da manhã, o ar era fresco e eu me sentia como uma gigante. Mas depois aquele gigantismo dos sentidos se dissipou, e comecei a me sentir mal. Não por meu marido, aliás, eu não sentia um pingo de culpa em relação a ele, considerava um direito meu gozar a vida em cada ocasião. Tinha medo sobretudo de ir à casa de meus pais, tinha certeza de que meu pai me diria de cara: Emma, o que aconteceu, sem ponto de interrogação. Ele tem um olhar azul que vê serenamente, sem inquisições, bem mais do que os outros podem ver, e nos dá vontade de contar cada detalhe, porque basta lhe falar para nos sentirmos bem, ele emana um fluido reconfortante. Então nada de mais, eu sabia que de todo modo ele compreenderia, compreende sempre, e me daria um abraço. O maior problema é que eu me envergonhava não daquilo que tinha feito, mas de ter de relatar a ele. Então evitei qualquer encontro possível com meus pais até que os vestígios daquela noite de festa sumissem inteiramente de meus olhos. E mesmo então evitei meu pai e falei sobretudo com minha mãe. Foi naquela época que lhe perguntei à queima-roupa: você já traiu papai? Ela me fixou longamente, como se a pergunta fosse uma ofensa gravíssima, e me respondeu com poucas palavras sem sentido: seu pai é tão absolutamente indispensável para mim que, para poder continuar com ele, precisei traí-lo muitíssimas vezes, segundo todas as acepções lícitas e possíveis de traição. As proposições foram enunciadas sem ironia, inclusive aquela fórmula insensata — acepções lícitas e possíveis da traição —, e com uma dor que eu nunca teria imaginado que ela pudesse experimentar. Minha mãe sempre foi uma mulher enérgica, com uma luz própria capaz de afastar o escuro mais funesto. Não falei mais nada e fui embora como se tivesse visto uma serpente.

Mas agora aquela resposta de vinte anos antes me voltou à mente, e perguntei:

— Então você acha que, se eu pedir a Franchino que defenda a candidatura de papai, ele o fará?

Ela me pareceu preocupada com a ideia de eu entrar em contato com Franchino. Respondeu:

— Não adianta falar com Franchino, de todo modo ele defenderá seu pai sempre. Mas, em minha opinião, é melhor não fazer nada a respeito disso, seu pai está bem do jeito que está. Estuda e escreve todos os dias por horas, de vez em quando vem gente visitá-lo, batemos longos papos sobre todos os assuntos, imagine que ele voltou a estudar matemática pela enésima vez sem entender nada. E você viu como é com as meninas, elas o adoram. De que serviria essa homenagem?

Não respondi, escutei papai e as meninas no corredor. Os cinco apareceram na cozinha e ficaram surpresos com minha presença, passamos uma bela noite juntos. Enquanto ele entretinha todas nós, mulheres, tratando de não negligenciar nenhuma, da mais nova à mais velha, pensei pela primeira vez na vida, acho que se minha mãe o havia enganado, ele com certeza não tinha sido fiel. Deve tê-la traído com discrição, talvez até castamente, mas de modo contínuo. E no fim das contas me pareceu bonito que esses dois velhos que eu amava, para poderem viver juntos uma vida inteira, tenham precisado inventar uma prática inocente da traição que lhes permitisse não dizer: não vamos mais nos ver.

Eu jamais consegui me ajustar à realidade dos fatos, e talvez por esse motivo estivesse tão esgotada. Enquanto voltava para casa, pensei que talvez aquele pequeno prêmio contasse mais para mim do que para meu pai. Como nada em minha vida se encaixava, estava exigindo um reconhecimento a uma pessoa querida que encontrara um jeito de fazer tudo se encaixar.

5.

Aos poucos fui conseguindo sair daquele período de tensões no trabalho, angústia, pressões, atritos. Por isso, quando Silvio achou uma maneira de me pôr em contato com Franco Gilara, liguei para ele e fui encontrá-lo nos arredores da piazza Colonna. Quando o vi, me pareceu bem mais velho que meu pai, embora agora eu soubesse que ele era cinco anos mais novo, da idade de minha mãe. Não individuei nele nenhum traço que o remetesse à minha memória: era de baixa estatura, pesado, ombros muito largos, um pescoço enorme sobre o qual desciam em cascata as bochechas do rosto de lábios finos. Mas ele me reconheceu imediatamente — ou fingiu me reconhecer — e exclamou com os olhos brilhantes: Emma, você é idêntica à sua mãe; concluindo quase em surdina, com um tom devoto: mulher linda. Uma frase que me dizem com frequência e que sempre me causa certo desprazer, como se eu tivesse perdido por displicência a ocasião de me parecer com meu pai. Entramos num bar, ele estava com pressa, apesar da idade era um homem com mil contatos e muitos compromissos. Foi logo dizendo:

— Não precisa me pedir nada, já está tudo acertado.

— Tudo o quê?

— Seu pai está entre os três, e os outros dois não vão destoar, são pessoas notáveis.

Me disse os nomes, era verdade, fiquei contente. Mas então passou a me perguntar se eu estava absolutamente segura — como lhe dissera Luisa — de que Teresa Quadraro participaria da cerimônia. Foi muito insistente nesse ponto:

— Por favor, Emma, o presidente faz muita questão.

— Ela vai estar, confie em mim.

— Estou lhe dizendo isso justamente porque confio. Acompanho seu trabalho desde o início e sei bem que você sempre faz a coisa certa.

— Não se trata de trabalho, é uma homenagem a meu pai. Tenho certeza de que a professora Quadraro terá a maior satisfação de falar na cerimônia.

— Cochicham por aí que ela tem um gênio difícil; aliás, vamos ser francos, dizem que é uma velha megera, pronta a falar horrores de todos, especialmente de tudo o que é italiano.

— Deve ter seus bons motivos.

— Sabe como localizá-la?

— Darei um jeito, não se preocupe.

— Diga a ela que o presidente gostaria de encontrá-la reservadamente.

— Ao que me consta, o premiado é o professor, não a aluna.

— Claro. Você é ótima com as palavras, excelente: isso veio dele, não de sua mãe.

— Meu pai é insuperável.

Franchino ficou olhando para minha mão sobre a mesa, parecia perturbado pela cor do esmalte.

— Verdade, ninguém o supera. Na primeira vez em que o ouvi, em público, achei que ele dizia um monte de banalidades, mas as dizia bem, tão bem que tive dificuldade de manter minha opinião. E num segundo encontro público o critiquei ponto por ponto, odiava os livros dele. Mas depois seu pai falou daquele jeito dele, você sabe, tão autêntico, tão tranquilizador, e senti cada vez mais a necessidade de ficar ao seu lado.

— Acontece com todo mundo.

Fez sinal que sim, respirou fundo, precisava ir. Levantou-se com alguma dificuldade depois de ter deixado na mesa uma gorjeta que era o dobro do que tínhamos consumido. Também levantei. Na soleira do bar, enxugou com o dorso do indicador a saliva nos cantos da boca, me beijou no rosto e repetiu:

— Não se esqueça de que confio em você, Emma.

— O senhor deve confiar sobretudo em meu pai: vai trazer grande prestígio a toda a escola italiana. No fim das contas, é justamente a história de amizade entre vocês que deveria tranquilizá-lo. O senhor tinha uma opinião negativa sobre o que ele escrevia, e teve que mudar de opinião.

— Excelente, é exatamente assim. Mas você é muito inteligente e quero me despedir deixando-lhe uma frase enrolada que eu não sei desembaraçar; tanto que, se puder desembaraçá-la e me mandar um e-mail com uma formulação mais clara, vou ficar muito contente: mudei de opinião, mas continuo acreditando que tenho razão. Tchau, linda.

Gritei atrás dele:
— Então por que batalhou para colocá-lo entre os três?

Fez um novo aceno de despedida com a mão, sem se virar, e dobrou a esquina.

Agora eu estava de novo com raiva. Somei as velhas palavras involuntariamente sibilinas de minha mãe àquelas voluntariamente incongruentes de Franchino. Era como se tivessem se consultado ao longo de décadas e tivessem ambos chegado à ideia de que só era possível falar de sua ligação com meu pai formulando um problema de modo ilógico, como nos sonhos. Nesse ponto tive vontade de rir porque me lembrei de um pesadelo que tinha frequentemente na infância, mas que às vezes, com pequenas variações, retorna ainda hoje. Minha mãe está na cozinha, de camisola, pôs a mesa para o café da manhã e diz: vá acordar seu pai. Entro no quarto de dormir e encontro meu pai lendo, a cabeça apoiada na cabeceira. É um crocodilo.

6.

Não consegui obter o telefone de Teresa Quadraro, mas logo encontrei seu e-mail e lhe escrevi detalhadamente sobre Pietro, a homenagem, a importância de uma fala sua na cerimônia. Fiz aquilo com toda a cortesia de que sou capaz, acrescentando aqui e ali que meu pai frequentemente falava sobre ela com afeto e grande admiração. Na verdade, não me lembro de nenhuma ocasião em que meu pai a citou, é um homem que não se gaba de nada, nem de suas boas amizades. Mas toda vez que Quadraro aparecia na TV, minha mãe me dizia: está vendo essa aí?, deve tudo a seu pai, foi aluna dele.

Torci para não ter escrito nada que pudesse contrariá-la e cliquei em enviar. Eu tinha calculado alguns dias, talvez uma semana de espera. Tinha previsto a necessidade de um lembrete, o uso de tons mais insistentes e menos suaves, talvez até recorrer ao presidente. Em vez disso, passaram-se exatos doze minutos e lá estava a resposta de Teresa Quadraro, poucas linhas, mas eficazes: cara Emma, ouço falar de seu nome há décadas. Seu pai me falou e escreveu com frequência sobre a senhora. Estou contente de que tenha pensado em mim para essa bela ocasião. Falarei na cerimônia em homenagem a seu pai com muito prazer. Mantenha-me informada sobre a data. Nada mais, o texto era substancialmente esse.

Encaminhei a Franchino o e-mail da professora, depois escrevi a meus irmãos para avisá-los da cerimônia. Eles têm trabalho e família do outro lado do mundo, sabia que não poderiam vir, mas, se não os tivesse avisado, seria uma ladainha sem fim, especialmente Sergio: antigamente o lamuriento era Ernesto, mas com o tempo ele o superou. Me responderam rápido, estavam felizes por papai, mas — escreveram se lamentando — a vida é complicada, mande-nos muitas fotos e algum vídeo. Bem, vou afogá-los em imagens que — posso apostar — eles nunca terão tempo de ver.

Chegou o momento de dar a notícia a meu pai, que ainda não sabia de nada. Fui pessoalmente, quem me abriu a porta foi Amelia, a senhora que cuida da casa. Minha mãe tinha saído para procurar presentes para Nadina, que daqui a dois dias vai fazer catorze anos — também preciso comprar algo para ela. Amelia me indicou que meu pai estava como sempre na varanda. Fui até lá, bati, silêncio, entreabri a porta, ele não estava.

Já ia voltando para a cozinha quando dei uma olhada além dos vidros. La estava ele no pequeno terraço, apoiado com os cotovelos na grade, mas numa posição incômoda, olhando não para baixo, mas para o alto, talvez uma gaivota ou pombos. Gritei para ele: papai. Virou-se de repente, empertigou-se com uma expressão de sofrimento, disse:

— Que bom te ver, da outra vez te achei cansada. Venha cá, me dê um beijo.

Beijei.

— Tenho uma notícia maravilhosa para você.

— Vamos a ela.

— Vão lhe dar um prêmio.

— Quem vai dar?

— O presidente da República. Vai ser premiado com outros dois professores por tudo o que você escreveu e fez pela escola.

— Foi há muitos anos.

— Menos mal que se cultiva a memória do bem.

— Sim, menos mal.

— O que foi, algum problema, você está triste?

— Estou ótimo. Só te acho um pouco agitada, e não gosto disso.

— Estou agitada não pelas preocupações, mas porque estou contente. E ainda não acabou, o presidente quis que um ex-aluno seu estivesse na cerimônia e fizesse um discurso em sua homenagem.

— E encontraram alguém?

— Tem uma fila, papai, e você sabe disso. Mas procurei o melhor.

— Ou seja?

— Entrei em contato com sua aluna mais prestigiosa, e ela disse que vem.

Aí aconteceu um fato que me transtornou. Alguma coisa correu nos olhos azuis de meu pai: não um espanto, não uma preocupação, mas um lampejo viscoso de assombro e fúria que me atingiu no peito.

— Quem é — disse.

Nunca ouvi dele um fragmento sonoro tão consumido e ao mesmo tempo violento, nunca, nem sequer quando eu era adolescente e minha mãe o obrigava a me repreender. A alegria sumiu num instante, murmurei com lágrimas que já queriam cair de meus olhos como fios de sangue:

— Teresa Quadraro.

Terceiro relato

1.

Não gosto do modo de escrever da filha nem do pai. Prefiro frases que não se esforçam para embelezar comportamentos e estados de espírito. Mas ambos tendem a fazer isso e me incomodam. Emma está convencida de que tem grandes qualidades literárias, como a maioria dos que trabalham nos jornais, e tenta demonstrá-lo sobretudo a si mesma, até quando escreve um e-mail. Já Pietro é surpreendente, como de costume. No passado, mesmo manifestando enorme paixão pela literatura, nunca aludiu a ambições de escritor. Suas cartas também sempre foram listas de fatos, cada qual resumida com poucas palavras frequentemente autoirônicas. Mas agora, depois de quase trinta anos de silêncio, me manda um anexo volumoso em que, desde as primeiras linhas, pretende transformar a si mesmo num produto literário. Nunca se consegue envelhecer bem, nem mesmo ele conseguiu isso, apesar de ter uma excelente capacidade de autocontrole. O texto poderia ser tolerável caso fosse breve, e acima de tudo se ele tivesse seguido o modelo de escrita frugal a que me educara quando eu era estudante, e que por anos ele mesmo usou. Mas não conseguiu se conter e, chegado às vésperas dos oitenta anos, desembuchou o romance de sua vida, naturalmente com grandes pretensões de verdade, embora ele saiba desde sempre — como aliás me ensinou — que narrar significa mentir, e narra melhor quem mente melhor.

De todo modo, nada de imperdoável, exceto talvez pela extensão. Duzentas e trinta páginas é muita coisa, li umas cem e me bastaram, sobretudo porque, logo em seguida, ele desanda a contar minuciosamente sua árdua experiência de político incorruptível, coisa para mim aborrecidíssima. Em seu e-mail, Emma também demonstra dificuldade de ir ao cerne da questão. Gosta de dizer e de repetir que é a paladina das coisas boas e justas num país onde as coisas boas e justas valem zero. Sente um prazer especial em se apresentar tão poderosa a ponto de ter acesso até ao presidente da República, ou seja, a um homem que de algum modo ela põe hierarquicamente bem abaixo de seu pai. Mas basta ler nas entrelinhas para notar que ela continuou sendo uma menina aterrorizada pela censura dos adultos, e isso a torna simpática. Já Pietro não é redutível à simpatia. Ao contrário, em seu texto há coisas seguramente antipáticas. Não me parece gentil, por exemplo, que tenha me pintado aqui e ali como uma criadora de caso indisciplinada. Se fosse assim, eu hoje não estaria aqui, a poucos passos da Washington Square, mas ainda na periferia de onde vim. E a filha dele não me escreveria esforçando-se ao máximo para ser persuasiva.

Mas não é só isso. Achei infantil que ele tenha atribuído a si a invenção daquela brincadeira do grunhido, com nossa divertida redução de todas as artes e ciências a um aorgh, uah, vu vu vu. Foi ideia minha, das poucas coisas daquela época que ainda hoje me importam. Entretanto, a maneira como ele narrou nosso encontro em Milão me deixou perturbada. Nesse caso, não sei bem por qual motivo, ele atribuiu a mim aquela tirada do casamento ético. No entanto, foi ele quem nomeou assim nossa ligação, e depois me escreveu sem parar, obsessivamente, deixando-me a par de cada escolha que fazia. Também é falso que eu lhe tenha escrito com frequência. Em toda a minha vida, enviei a ele no máximo umas dez cartas.

Mas não adianta repreendê-lo, aquela fase já terminou faz muito tempo, nem sou pessoa de responder a um romancezinho alheio com um próprio. Porém, se minha cabeça enfraquecesse a ponto de me induzir a escrever um, seria de pouquíssimas linhas. Nasci em Roma, numa bela ruazinha do subúrbio La Rustica, e hoje vivo em Manhattan. Tive uma vida intensa, afortunadíssima, morei em quatro continentes. Em meu trabalho, gozei de um sucesso gradual, mas constante. Encontrei pessoas muito inteligentes, com as quais mantive conversas muito inteligentes, estabelecendo relações muito inteligentes. Mas Pietro Vella, meu professor num colégio de periferia, foi o único homem que amei e continuo amando.

2.

Tirando os vários rodeios, o núcleo da carta de Emma é que o Estado italiano quer conferir um prêmio a Pietro, mas é indispensável que eu vá a Roma para elogiar seu trabalho de docente. Sou uma senhora de quase setenta anos e de muitos achaques, os quais só mantenho sob controle nesta cidade difícil graças à minha prosperidade e às boas relações advindas da notoriedade. Todas as manhãs passo sob o Arco, atravesso a Washington Square, tomo cappuccino numa confeitaria a poucos metros do monumento dedicado a Fiorello La Guardia, onde há uma jovem albanesa que o prepara muito bem. Duas vezes por semana vou à Citarella, na Sexta Avenida, compro pescados, chalá e suco de laranja. No inverno, gosto das árvores desfolhadas, do chafariz sem água que serve de palco a malabaristas muito ousados, na hora que as luzes da cidade se acendem. Na primavera, observo os ramos que se tornam verdes, a chegada das primeiras flores, e às vezes vou folhear o *New York Times* num dos primeiros bancos ao sol, apertada entre velhinhos que, como eu, têm ossos frágeis e gelados. Até pouco tempo atrás, passeava de bom grado pelo parque entre cortejos de turistas, alunas e alunos de beca e capelo lilás, pais desorientados que vêm sabe-se lá de que América para a formatura dos filhos. Hoje, depois de ter quebrado um fêmur e precisado me submeter a uma longa e caríssima reabilitação, passeio pouco, em geral nas tardes de domingo. Ouço a música do saxofonista ao pé do monumento a Garibaldi. Brigo frequentemente com os garotos que se exibem no skate sempre com o risco de me derrubar. Circulo ao redor do jovem pianista que convida os turistas a se deitar sob o piano, ao lado do qual se lê: *This machine kills fascists*, o que desgraçadamente é uma inverdade desde os tempos de Woody Guthrie. Somente quando me sinto de fato sozinha, vou ao teatro com alguma amiga ou janto, nos raríssimos restaurantes onde os clientes não gritam, com velhos cavalheiros que me custodiam como uma relíquia.

São os rituais que me facilitam a velhice. Como se vê, a Itália não faz parte da lista. Não há Roma, não há os campos do subúrbio onde nasci. São locais da sonolência, lugares conhecidíssimos e ao mesmo tempo indefinidos. Ao amanhecer, enquanto não acordo inteiramente, me movo por eles com familiaridade, mas não consigo me inserir numa geografia real. Apenas um lugar é sempre rigorosamente determinado: a sala do primeiro ano do ensino médio, a primeira à direita, logo depois da escadaria. Pietro entrou ali certa manhã, apoiou uma bolsa de lona cheia de livros sobre a mesa. Tinha, acho, vinte e seis anos, talvez menos. Desde aquele momento fiz de tudo para que me notasse, e ele fez de tudo para me ignorar. Por três anos senti as tardes, as noites, os domingos, os feriados, as férias de verão como um modo eficaz de figurar a morte para mim. Somente quando estava na escola, e ele aparecia sempre pontual no espaço da sala, eu me sentia viva e todo o mundo se reavivava. Ele se sentava, levantava, se apoiava nas paredes, ia até a janela, os dedos roçavam o giz, o quadro-negro, as carteiras, enquanto a voz injetava potência em cada nome de coisa, de pessoa ou lugar, em cada verbo, advérbio, adjetivo. Não nos tocava nunca, nem sequer um gesto de familiaridade, um aperto de mão por brincadeira, um braço em torno dos ombros. Entretanto nos tocava no íntimo com as palavras. Eu em particular me sentia tão impudentemente remexida que saía da escola extenuada.

Uma vez um estudante de outra classe, mais velho, ficou furioso, e o ouvimos enquanto imprecava contra ele no corredor. Depois voltei para casa de propósito com aquele garoto. Não conseguia se acalmar, sobretudo porque não conseguia pôr em palavras o que o deixara com raiva. Apenas repetia: é um abuso, é demais, e se referia tanto ao fato de que as aulas de Pietro eram tão densas que no final sempre havia muita coisa para estudar quanto a que nosso professor emanava algum fluido que o tornava intolerável justamente como professor. Ambas as coisas eram provavelmente verdadeiras. Com ele se estudava muitíssimo, demais, e além disso sua pessoa perseguia nossos corpos mesmo quando se despedia com um sinal, deixava a sala e nos abandonava a nós mesmos. Em suma, a opressão era real, e eu — como todos os outros, como aquele estudante também — me empenhava em escapar dele, e no entanto desejava ser subjugada.

Desde o primeiro dia de escola comecei a lutar contra ele. Mergulhava de cabeça, pois queria que, para livrar-se de mim, ele também fizesse o mesmo. Interrompia suas aulas, fazia perguntas, ironizava suas respostas. Inútil, Pietro nem piscava. Cada provocação lhe parecia uma boa oportunidade para se aperfeiçoar. E era exatamente assim, dava o melhor de si quando eu o punha em dificuldade. Era um espetáculo fascinante ver e sentir como seu corpo, sua mente, buscavam e encontravam a justa medida só para mim. Na época eu não tinha visto outros professores que trabalhassem desse modo, produzindo tumulto, devastação e afeto. Eu estava alarmada, mas o que mais deve fazer um bom professor? Se não tenho saudades da Itália, tenho com certeza saudades dos três anos em que, na periferia de Roma, tive Pietro como meu professor de letras. Portanto, com base nesse sentimento, respondi imediatamente a Emma: tudo bem, vou fazer essa viagem chatíssima, vou fazer isso por seu pai. Porém, assim que enviei o e-mail, um outro lugar me voltou à memória: a longa rua que levava da praça ao colégio, e que eu percorria todas as manhãs a pé, entre casas baixas e os campos com cabanas, os barracões cinzentos, as sucatas reluzentes sobre o mato.

Vi a mim mesma naquela estrada. É novembro, faz frio e está chovendo. Um carro diminui a marcha, a janela se abaixa, reconheço o novo professor que tremo só de ver. Diz simplesmente: suba. Olho para ele e me assusto. Respondo quase com raiva: não. Ele bate os longos cílios escuros, parece amedrontado pelo medo que leu em meu rosto. Arranca sem dizer mais nada, e eu observo a perua se afastar. Algo se rompeu dentro e fora de mim por um instante.

3.

Emma me escreveu outro longo e-mail. Diz com enorme quantidade de detalhes que a máquina administrativa já se moveu e que qualquer desejo meu será atendido. Depois prossegue tateando no escuro, com frases calculadas. O pai está muito feliz por eu ter aceitado, contou-lhe longamente que eu era uma aluna excelente. Mas omitiu a ela que tivemos um relacionamento. Foi sua mãe que o revelou, justamente ontem, mas em poucas palavras, que me transcreve com ironias. Nadia lhe disse: sim, foi não só a melhor aluna dele, mas também algo mais, vê-se que não era boa só no colégio. A partir daí, começa uma história muito colorida sobre suas tortuosas relações com os homens. O escopo é aproximar seus casos infelizes à minha relação com seu pai. Não tive sorte, escreve, nem meus maridos nem meus amantes se transformaram em amigos, prevaleceu o rancor. No entanto, torce para que eu conserve uma boa recordação de Pietro e passa a elogiá-lo desmedidamente por umas vinte linhas, seja como docente, seja como intelectual, seja como homem, quase como se quisesse escrever o discurso que farei. Despede-se garantindo que não vê a hora de me conhecer.

Esse e-mail me deixou nervosa. Num primeiro momento, tive a impressão de que tanto o romancezinho do pai quanto o convite da filha fizessem parte de uma mesma estratégia orquestrada pelo próprio Pietro para dar um belo final à nossa história. Mas agora entendi que foi Emma quem pôs de pé todo esse estratagema, e sem consultar previamente os pais. Basta ler as entrelinhas para compreender que Nadia não está contente com minha exumação, e que Pietro, para variar, se preocupa com o modo como vou me comportar. Mas então por que eu deveria ir a Roma?

Fui dar um passeio para me acalmar, embora este maio seja inimigo dos idosos, num dia faz calor, noutro se congela. Hoje a noite está tépida. Ainda há luz, mas os postes já brilham. Parei para conversar com os traficantes que ficam ao lado das mesas de xadrez. Passeei pelas alamedas respirando o perfume das flores e do haxixe. Cheguei ao chafariz que lançava altos jatos brancos, enquanto os meninos se deixam molhar com entusiasmo, e as garotas se fazem fotografar em poses sedutoras entre os borrifos ao som de uma banda. Fiz uma visita ao homem que come, bebe, pinta quadros à la Pollock e dorme numa chapa quente de metal, ao lado de um dos acessos à universidade. Mas não me senti melhor.

Quase cinquenta anos se passaram, e estou prestes a ir a Roma para encontrar Pietro assim como, depois do diploma escolar, fui esperá-lo na saída da escola com a intenção de lhe dizer textualmente: amei-o durante três anos e agora quero ser correspondida por você. Falei exatamente assim, usando o você, embora nos tratássemos formalmente até um minuto antes. Não só: beijei-o na boca, um átimo, foi como um choque, ele ergueu a mão esquerda como para se proteger.

Estávamos num bar a poucos passos do colégio, tínhamos bebido sei lá o quê, falado de meus estudos. Pietro pagou, nos dirigimos à saída, eu lhe disse aquelas palavras e o beijei. Quem sabe o que eu esperava, cinquenta anos atrás. Em cada manifestação sua, ele era uma promessa despropositada. Mas o jovem homem que nos seduzia a todos com as tantíssimas coisas que sabia, com a força que punha em cada palavra, colocava entre si e nós uma distância gentil e intransponível que, todavia, cada um de nós gostaria de transpor. Agora eu havia ultrapassado aquela distância e pretendia que ele me desse não aquilo que eu já recebera na sala de aula, mas o que ninguém podia receber naquele momento a não ser eu. Ele o compreendeu talvez um segundo antes de eu ter declarado meu amor, um segundo antes de tê-lo beijado. Eu queria mais, mais, e não sexo, mas o modelo supracelestial a que me parecia remeter a pessoa que comparecia todos os dias na sala. De modo que ou aquele modelo não existia, ou ele desde o primeiro momento o escondeu de mim e passou a fascinar outras garotas como se eu não lhe bastasse.

Nunca mais encontrei em minha vida um homem tão remissivamente disponível aos devaneios femininos. Eram tempos em que dar testemunho ao mundo de que se era realmente livre coincidia com uma ostensiva disponibilidade sexual. Ele me traiu, eu o traí mais, bem na cara dele. Reciprocamente nos humilhamos, reciprocamente nos exaltamos. Contudo, nos três anos que passamos juntos, as muitas alegrias sempre foram menos alegres do que as que eu esperava, e as numerosas dores foram ignoradas ou postas depressa no catálogo das mesquinharias pequeno-burguesas. Não sei quantas vezes nos deixamos com asco e depois reatamos com uma ferocidade ávida. Até que lhe propus aquele experimento: revelarmos um ao outro o pior de nós, muito, muito mais do que já havíamos revelado. Naturalmente, quando lhe fiz aquela proposta, eu já sabia que iria embora, não aguentava mais. Faz-se tanta coisa idiota quando se é jovem. Da juventude não deveria restar nenhum rastro, nem sequer na memória. Já Pietro quis deixar muitos rastros, como ele me escreveu. Em seu romancezinho ele tende a ocultar que, a partir de certa altura, especialmente com o advento do correio eletrônico, começou a usar a escrita como uma camisa de força. Jamais conheci um homem mais pleno de vida e mais assombrado pela própria plenitude encantadora. Exorbitava, transbordava e me usava para contê-la. Mostrava-se seguro de que nós dois, juntos mas à distância, podíamos nos dar a justa medida. Porém não se tratava de uma convicção sólida, ele nunca teve convicções sólidas. Uma vez, falando de seu trabalho, me escreveu desolado: por mais que se estude e se eduque, ser Hyde vem naturalmente, tornar-se Jekyll, não.

4.

Finalmente estou em Roma. Se em Nova York o calor se alternava ao frio, aqui faz só frio. Mas a imundície é idêntica, e também nesta cidade não me sinto segura, temo tropeçar a cada passo, ser empurrada contra uma árvore ou para fora da calçada, acabar em algum hospital com os ossos quebrados. Livrei-me de Emma minutos atrás. Para desgraça dela, não se parece com o pai, mas com a mãe. Essa mulher não tem nada de Pietro, apenas a educação que ele lhe deu. Enquanto conversávamos, pensei: em certo sentido somos duas alunas dele; se nos examinássemos com atenção, quem sabe quantos fragmentos de saber, quantas maneiras de falar descobriríamos que temos em comum.

Mas pelo menos uma diferença é evidente: Emma está quase sempre um tom acima. Está obcecada no que eu direi amanhã. Evitei por muito tempo confessar a ela que não sei, mas, quando chegou a me pedir uma cópia de meu discurso com a desculpa de que queria publicá-lo no jornal em que trabalha, respondi que não só não havia um texto, mas nem sequer um esquema. Eu improvisaria no momento.

Ficou péssima, acho que se esforçou muito para não fazer um dos escândalos a que deve estar habituada. De tão desapontada, quase me confessou a verdade. Falou: meu pai está muito emocionado, saber o que a senhora dirá o tranquilizaria. Seu pai, seu pai, ela só fala dele. Será possível que todos amaram desmedidamente aquele homem, até os filhos, que, diante dos pais, sempre cultivam um pouco de ódio — eu diria, de repugnância? Disse a ela: depois de tantos anos, faria bem a seu pai confiar em mim. Era exatamente isso que ela queria ouvir. Desanuviou-se, me pareceu à beira de se comover, exclamou: vou chamá-lo pelo celular, a senhora pode dizer isso a ele? Respondi: não, nos falaremos amanhã.

Fui para a cama, tornei a pensar naquelas confidências de tantos anos atrás. Jornada encerrada, vou dizer a ele: experimento bem-sucedido, a vida acabou, estamos protegidos. E acrescentarei, para zombar dele: não é a pedagogia do afeto que nos melhora, mas a pedagogia do assombro.

Fiquei remoendo na cabeça esta última frase. Tivemos medo de que nossas más ações nos perseguissem e se apoderassem para sempre de nós. No entanto, hoje mal me lembro do que lhe contei que eu tinha feito, e me surpreende que pouco recorde também da confidência que ele me fez. Com certeza eram coisas horríveis, mas não tão horríveis a ponto de ser inesquecíveis, mais tarde pude ver e ouvir outras bem piores. Talvez até pudesse ser prazeroso amanhã, depois da cerimônia, nos vermos em algum lugar e nos contarmos como nos sentíamos falhos naquela época.

A ideia me agradou por uns minutos, depois me voltaram à mente certos momentos raríssimos de Pietro, breves lampejos de memória que sempre repeli ao longo dos anos. Não eram imagens de nossas brigas, que aliás em alguns casos chegaram a um alto grau de violência. Eram instantâneos que pareciam bonitos, ele com o rosto absorto, a boca semicerrada, os olhos voltados para algo invisível enquanto penteava os cabelos com os dedos. Até que eu me dava conta de que algo de fato repelente o estava atravessando inteiro, como um espasmo insuportável do sistema nervoso. Eu desviava imediatamente o olhar, horrorizada, mas ele não, ele continuava se observando por um instante como se tivesse a si mesmo diante dos olhos. Às vezes eu perguntava: Pietro, o que é? Ele me dava explicações solícitas e autoirônicas. É o mal-estar das origens, dizia, sou o primeiro de seis filhos, família pobre, meu pai era operário eletricista, minha mãe, dona de casa; é o mal-estar das capacidades insuficientes, da escola primária até o diploma nunca me senti à altura; é o mal-estar da degradação dos papéis, sei que ensino sem ter consistência, sou um desses que estão baixando maciçamente a qualidade dos trabalhos intelectuais; é o mal-estar do corpo bem-feito, dos traços harmoniosos: a beleza dá uma vantagem culpável, é a mais injusta das facilitações; é o mal-estar da violência que aprendeu a esconder-se nas palavras.

Toda vez inventava uma razão sociológica ou ética para seu mal. Mas às vezes parecia preso numa armadilha, não conseguia furtar-se àqueles instantes horríveis, nem sequer me escutava. Ficava observando a si mesmo enquanto se fazia mal com o mal que desprendia e, mesmo se eu o chamasse, não conseguia distraí-lo.

Eu o amava demais, queria poder levá-lo a salvo, mas ele não era redimível. Naquele átimo a crueldade da fronte, o retorcer-se feroz do lábio superior como por um tique e a deformação do rosto me aterrorizavam, eu precisava escapar. Não, realmente não sei o que vou falar amanhã. Pietro foi e é um homem muito perigoso.

5.

As coisas não estão indo pelo rumo certo. Emma chegou pontualíssima, e igualmente pontual chegou Nadia. Nunca a tinha visto, exceto uma única vez, de longe, quando ainda sentia ciúmes. Ela me parecera linda, sofri com isso. Agora, com certa satisfação, achei-a pesada, mal envelhecida, embora certamente tenha menos achaques do que eu. Fingi não notar que ela estava muito descontente e apreensiva. É natural: eu sou o centro da festa, o presidente me tratou como um monumento diante do qual se deve prestar uma coroa de louros, influenciei a vida de muitíssimas pessoas e sobretudo a de seu marido; ela é uma professora aposentada do ensino médio, viveu fechada rancorosamente no próprio aviltamento e acima de tudo não conseguiu governar o homem amado nem um pouquinho.

— Pietro — ela disse — me mandou embora para poder repassar em paz o discurso de agradecimento.

— É a velhice — repliquei —, nunca vi Pietro em dificuldades com as palavras.

A mãe e principalmente a filha não apreciaram aquela minha exibição de intimidade, e talvez eu tampouco. Sempre acabamos por mostrar um pouco do pior que guardamos lá dentro.

Passou uma hora, Pietro não apareceu. As duas mulheres, ora uma, ora outra, começaram a ligar para ele em breves intervalos, mas ele não atendia. Nadia disse: não queria que no último momento ele desistisse de vir, detesta este governo, vê os políticos na TV e diz: eu poderia ter sido o professor dessa gentalha. Escapou-me uma risadinha e falei: se atender, eu falo com ele. Teve um lampejo de raiva nos olhos e murmurou, como se falasse a si mesma: vou para casa e o arrasto até aqui à força, e então se dirigiu à saída acompanhada por duas pessoas que lhe perguntavam: o professor chegou? Antes de seguir a mãe, Emma me disse palidíssima: a senhora e papai deviam ter resolvido antes seus problemas. Tive vontade de rir de novo — em certas ocasiões, rio sem parar; é uma risada de impaciência, que se insinua entre as frases mesmo quando não há motivo para rir — e respondi a ela: esclarecemos tudo o que havia a esclarecer muito antes de você ter nascido.

Agora estou aqui, sentada na primeira fila, ao lado do presidente carrancudo. É evidente que Pietro não virá e que não o verei mais. Que pena, finalmente eu sabia o que ia dizer, e neste salão de cores doentias, na presença de meu antigo professor, falaria de bom grado. Sempre fui e sou muito mais perigosa que ele.

Confidenza © Giulio Einaudi editore s.p.a., Turim, 2019

Todos os direitos desta edição reservados à Todavia.

Grafia atualizada segundo o Acordo Ortográfico da Língua Portuguesa de 1990, que entrou em vigor no Brasil em 2009.

capa
Elisa v. Randow
imagem de capa
Luigi Ghirri, *Modena 1970* © Eredi di Luigi Ghirri
composição
Jussara Fino
preparação
Silvia Massimini Felix
revisão
Tomoe Moroizumi
Huendel Viana

6ª reimpressão, 2025

Dados Internacionais de Catalogação na Publicação (CIP)

Starnone, Domenico (1943-)
Segredos / Domenico Starnone ; tradução Maurício Santana Dias. — 1. ed. — São Paulo : Todavia, 2020.

Título original: Confidenza
ISBN 978-65-5114-018-1

1. Literatura italiana. 2. Romance. 3. Ficção contemporânea. I. Dias, Maurício Santana. II. Título.

CDD 853

Índice para catálogo sistemático:
1. Literatura italiana : Romance 853

Bruna Heller — Bibliotecária — CRB 10/2348

todavia
Rua Fidalga, 826
05432.000 São Paulo SP
T. 55 11 3094 0500
www.todavialivros.com.br

fonte
Register*
papel
Avena 80 g/m²
impressão
Forma Certa